Impressum:

Selda´s Land
© 2016 Kurt A. Hammer
Hartmannweg 3, 60389 Frankfurt
Email: briedern@gmx.de
ISBN: 9 783739 237046

Alle Rechte vorbehalten.

Umschlaggestaltung:
Kurt A. Hammer

Herstellung und Verlag:
BoD - Books on Demand, Norderstedt

Selda´s Land

Roman von
Kurt A. Hammer

Es ist eigentlich wie immer. Es ist morgens.
Die Menschen hasten zur Arbeit. Die Bahnen
und Busse sind überfüllt.
Auf der Autobahn wälzt sich eine zähe Masse
aus Blech, Gummi und Glas.
Der Italiener an der Ecke ist gerade vom
Markt zurückgekommen. Sein Transporter,
der inzwischen auch schon einige Jahre auf
dem Buckel hat, biegt sich unter der Last von
Obstkisten und Kartoffelsäcken. Er ist ebenfalls früh auf den Beinen, man sieht es ihm an.
Seine Frau hilft ihm beim Abladen. Die Beiden sind ein gutes Team, und sie arbeiten
Hand in Hand. Sie unterhalten sich in mehreren Sprachen. Ihre beiden Töchter ebenfalls

eine Mischung aus Türkisch, Italienisch und Deutsch.

„Hey, Salvatore, hält deine Klapperkiste immer noch?", ruft der Bäcker von nebenan und grinst frech.

„Du alter Backzombie, sind deine Brötchen schon wieder angebrannt?", gibt Salvatore zurück und winkt ihm zu. Sie kennen sich schon seit ihrer Schulzeit und ihre Scherze sind manchmal hart.

„Wann kommst du mal wieder zum Frühstück rüber in unser Backparadies?", ruft Edgar. Sie wissen, dass sie sich fast jeden Tag dort treffen. Kurz darauf steht Salvatore in der Tür. Er hat eine große Melone dabei und legt sie auf die Theke. Dann stehen sie an der großen Schaufensterscheibe. Man hat eine gute Aussicht, nach Osten. Die Erinnerungen geben ihnen viel Gesprächsstoff. Wie könnten sie die Tage vergessen, als sie die russischen Zwillingsschwestern aus der Hochhaussiedlung kennen lernten. Heute müssen sie darüber lachen. Irina und Ivana hatten noch drei Brüder, die keine Gnade kannten. Eine Woche lang mussten sie sich in der Großstadt verstecken, bis sich die Lage beruhigt hatte.

Dann irgendwann eröffnete Salvatore seinen Gemüseladen. Die ganze Familie kam angereist. Brüder, Schwestern, einige Familienmitglieder aus Sizilien und sogar aus dem fernen Kanada.

Jeder hatte etwas mitgebracht. Der eine Geld, was am nötigsten war. Andere Obst und Spezialitäten aus Italien. Der Rest hatte noch einige gute Ratschläge.

Nach der zweiten Tasse Kaffee lachen sie noch einmal und verabschieden sich per Handschlag.

Der Tag kommt Edgar heute besonders lang vor, doch nachdem der letzte Kunde den Laden verlassen hat, sieht er noch nach den Maschinen, schaltet das Licht aus und schließt die Backstube ab. Er ist froh, denn ein langes Wochenende steht bevor. Er steigt ins Auto und startet den Motor, schaut noch mal hinüber zum Obstladen, Salvatore hat inzwischen seine Kisten eingeräumt. Edgar setzt den Blinker und fährt langsam los.

Immer wieder fällt ihm die tragische Geschichte mit Selda ein. Salvatore lernte die hübsche Türkin in der U-Bahn kennen. Er sprach sie mit seiner unkomplizierten, italienischen Art einfach frech an.

„Hast du Lust einen Cappuccino mit mir zu trinken? Gleich hier in der Nähe bei meinem Papa in der Eisdiele."

Sie sah ihn mit ihren großen Mandelaugen an, grinste, zeigte ihm den Mittelfinger und stieg bei der nächsten Haltestelle mit erhobenem

Kopf aus der U-Bahn. Edgar, der in der Reihe neben Salvatore saß, sah ihn mit offenem Mund an. Als das Mädchen die Bahn verlassen hatte, konnte er ein anhaltendes Lachen nicht länger unterdrücken. Salvatore schaute sauer. Er würgte einen Kloß hinunter.

„Hör zu, das will ich dir sagen, ich will dieses Mädchen, auch wenn du noch so blöde lachst!"

Zeitweise sahen sich die Beiden noch in der U-Bahn, Edgar kam aus der großen Bäckerei, in der er noch lernte, und Salvatore von der Schule.

Eines Tages sagte Salvatore zu ihm: „Hast du Lust zu kommen. Ich gebe heute Abend eine kleine Feier, bei uns in der Eisdiele."

Edgar fragte scherzend: „Mit Krawatte und Anzug?"

„Blödsinn, wir feiern doch nur meine Verlobung."

Edgar sah ihn fragend an. „Die kleine Türkin?" und wieder stand sein Mund offen.

„Wer denn sonst, ich hab es dir doch gesagt."

Edgar war verblüfft, fing sich aber schnell und schlug ihm dann freundschaftlich auf die Schulter.

„Ich komme gern", sagte er. „Ich muss aber jetzt aussteigen. Bis heute Abend, ich freue mich für dich."

Abends stand Edgar vor der Eisdiele. Er sah es von draußen. Auf allen Tischen waren Kerzen angezündet.

Hätte er nicht etwas mitbringen sollen? Es plagte ihn das Gewissen. Da ging die Tür auf und Salvatores Mutter kam mit ausgebreiteten Armen auf ihn zu. Sie fasste ihm unter die Arme und führte ihn in das Lokal. Er mochte ihre warme und mütterliche Art, die er als Junge so nicht erfahren hatte. Vor einer angerichteten Theke, die mit allen möglichen Leckereien dekoriert war, stand das junge Paar.

Salvatore kam Edgar entgegen, und reichte ihm die Hand.

„Das ist Selda, das beste Mädchen zwischen Italien und der ganzen Türkei und wir werden heiraten."

Edgar sah in zwei wunderschöne dunkle Augen, die sich vor Rührung mit Tränen füllten.

Es hätte so schön für die Beiden werden können, wäre nicht dieser schreckliche Unfall passiert.

Es war einige Monate später. Salvatore hatte an der Hauptstraße einen ehemaligen Zeitschriftenladen gemietet und ihn mit viel Eigenarbeit zu einem Obst und Gemüseladen verändert.

Edgar, der inzwischen seine Lehre beendet hatte, arbeitete nun in der Konditorei gegenüber und sie sahen sich fast täglich. Er legte gerade ein paar frische Brötchen in die Schaufensterauslage und brummte: „Die Scheibe könnte auch mal wieder sauber gemacht werden." Nun schaute er hinüber zur anderen Straßenseite und sah Selda, die gerade mit einer Ladung frischer Ware vom Großmarkt gefahren kam.

Toll, denkt er. Wie sie diese alte Kiste beherrscht. Nächste Woche ist er zur Hochzeit eingeladen. Er ist nachdenklich. Eine Türkin und ein Italiener heiraten in Deutschland. Warum eigentlich nicht?

Dann dieses schreckliche Kreischen der Reifen. Der Kleintransporter wird gegen die Hauswand geschleudert. Ein anderer Lastwagen ist mit hoher Geschwindigkeit in ihn hinein gefahren.

Edgar sieht es wie im Film.

Als er begreift, was passiert ist, springt er hinaus auf die Straße.

Die Fahrbahn ist übersät von Obstkisten und Trümmern. Passanten rennen schreiend hin und her.

Der Fahrer des Lkws liegt blutend über seinem Lenkrad. Sein Beifahrer steigt verwirrt aus dem Fahrzeug und läuft mit ausgestreckten Armen hin und her. Als er begreift, was geschehen ist, sackt er in sich zusammen und verbirgt sein Gesicht hinter den Armen.

Edgar rennt über die Straße. Sein einziger Gedanke ist: Was ist mit der Kleinen. Hat sie Glück gehabt und hält sich im Laden auf?

Da sieht er die Hand des Mädchens und zieht sie unter dem Fahrzeug hervor. Mit weit aufgerissenen Augen sieht sie ihn an. Ein Rinnsal Blut tropft aus ihrer Nase und Erbrochenes kommt aus dem Mund. Der Atem geht schleppend und unregelmäßig. An ihrem Arm ist noch eine weitere Wunde, die stark blutet.

Von allen Seiten kommen Menschen angerannt. Sie wollen helfen, aber die meisten sind starr vor Schreck.

Edgar will die blutende Wunde abdrücken, aber es gelingt ihm nicht. Er kniet dicht bei ihr auf der Straße und fühlt, wie ihm das warme Blut durch das Hosenbein dringt. Selda röchelt leise und ihre Augen, die sonst so bezaubernd lachen können, sind weit aufgerissen, als wollten sie fragen: „Könnt ihr mir noch helfen?"

Schnell ist der Rettungswagen eingetroffen. Eine Schar Sanitäter und Ärzte bemühen sich, sie zu retten, aber Selda kann niemand mehr helfen. Der leblose Körper wird in eines der Fahrzeuge mit dem blinkenden blauen Lichtern geschoben. Edgar sitzt noch lange am Straßenrand. Ein Sanitäter begleitet ihn an die Seite. „Was soll ich Salvatore nur sagen?", sagt er leise, aber der Sanitäter versteht ihn nicht.

Salvatore hat von dem Unfall erst eine Stunde später erfahren. Er befand sich in einem Baumarkt, von dem er Regale für seine Auslagen besorgte. Seine Mutter erreichte ihn über Mobilfunk.

Sie sagte nur: „Komm Heim!" Er verstand, dass etwas Schreckliches passiert sein musste.

Dieses Ereignis ist nun schon einige Jahre her, Salvatore hat sich zwar lange nicht von diesem Schock erholen können, aber die Arbeit half ihm wieder auf die Beine.

Seine Obstbude wurde langsam immer beliebter und er machte inzwischen recht gute Geschäfte. Mama und Papa waren wieder nach Italien zurückgekehrt. Sie fehlen nicht nur Salvatore, sondern auch Edgar, der schon beinahe zur Familie zählte.

Salvatores Schwester Lydia, die seit zwei Jahren von ihrem Mann geschieden ist und nun in Deutschland einen neuen Start versucht, hat eine Stelle in Edgars Firma angenommen.

Sie kommt stundenweise, zweimal pro Tag. Belegt Brötchen, kocht Kaffee und macht sich auf allerlei Arten nützlich im Laden.

Sie ist sehr beliebt bei der Kundschaft. Ihre direkte Art gefällt den meisten.

Mit ihrer Chefin stößt sie jedoch oft zusammen, denn sie hat grundsätzlich das letzte

Wort. Das gefällt dieser natürlich nicht, obwohl Lydia zeitweise im Recht ist. Sie sieht aber ihre Autorität untergraben. Die Auseinandersetzungen gehen oft stundenlang, obwohl die Gründe dafür manchmal belanglos sind. Edgar hebt oft hilflos die Arme und verlässt den Raum. Er schüttelt den Kopf und schaltet seine Rührmaschine ein.

Hin und wieder versucht er zu schlichten, denn er will ja nicht, dass sie wegen solcher Kleinigkeiten ihren Job verliert.

Lächerlich, denkt er, warum dürfen Brötchen vom Vormittag nicht bei denen vom Nachmittag liegen? Ist der Kaffee schon nicht mehr gut, wenn er eine Stunde vorher gekocht wurde? Dieser Kleinkrieg geht Edgar auf die Nerven. Er muss sich aber nach einigem Nachdenken eingestehen, dass er ihr in vielen Dingen Recht geben muss. So anstrengend Lydia auch sein mag, Edgar hat sie gern in seiner Nähe, auch wenn er es nicht immer wahr haben will.

Salvatore hat ihn im Scherz oft gewarnt: „Sei vorsichtig, meine Schwester ist eine Hexe."

Edgar lacht: „Ich mag aber deine Schwester, die Hexe."

Es ist wieder Abend und Salvatore kommt in die Backstube. „Du, ich habe jemanden mitgebracht. Ich will sie dir vorstellen." Edgar, der einen Kopf größer ist als der Freund, schaut ihn von oben herab an und grinst.

Salvatore mag dieses überhebliche Lachen nicht und wirft ihm einen bösen Blick zu. „Ich kann ja wieder gehen", dreht sich um und geht einen Schritt in Richtung Tür, aber Edgar stellt sich ihm in den Weg.

„Mach doch keinen Quatsch. Sei nicht so empfindlich!" Er legt die Hände auf seine Schultern. Der windet sich aus seinem Griff und beide sehen zur Tür. Zierlich und beinahe unscheinbar steht dort eine Person mit Kopftuch. An ihrer Hand hält sie einen Jungen, den man kahl geschoren hat.

„Das ist Aleyna, sie kommt aus Anatolien. Wir sind zusammen.", sagt er kurz. Edgar überlegt. Kann das wahr sein? Er will es kaum glauben. Sie ist nicht hässlich, aber in ihrer Erscheinung kaum ein Ersatz für Selda. Salvatore wartet auf seine Antwort, aber Edgar hebt nur hilflos die Schultern. Was soll er ihm sagen?

„Der Kleine ist übrigens Harkan, ihr jüngster Bruder", sagt Salvatore beiläufig.

Harkan ist beleidigt, man sieht es ihm an. Schlimm genug, dass er ständig mit seiner Schwester überall hingehen muss, jetzt sagt dieser Idiot auch noch Kleiner zu ihm. Er ist es doch, der auf diese Tussi ständig aufpassen muss. Er steckt seine Fäuste tief in die Hosentaschen. Edgar muss grinsen und zwinkert ihm zu. Er greift nach einem frisch gebackenen Berliner und reicht ihn dem kleinen, beleidigten Macho. Zögernd nimmt dieser ihn und dankt mit einem kurzen Nicken. Mit dem Berliner in der Hand sieht er sich nun die einzelnen Maschinen in der Backstube an. Die junge Frau steht immer noch verlegen in der Tür. Edgar schätzt sie auf höchstens achtzehn oder neunzehn Jahre. Hilflos sieht sie nun hinüber zu Salvatore, der geht zu ihr und nimmt sie bei den Händen.

„Das ist Edgar", und er lässt das „R" kräftig rollen. Sie schaut ihn andächtig an.

„Er ist mein Freund. Nicht immer, aber du kannst dich auf ihn verlassen." Zögernd reicht sie ihm die Hand. Er nimmt sie vorsichtig wie einen kleinen Vogel, den man nicht zerdrücken will.

Was für eine zarte Person denkt, Edgar. Warum hat er noch nichts von ihr erzählt?

Sie neigt ihren Kopf nun leicht zur Seite und sieht Edgar von unten herauf an. Edgar fühlt eine leichte Unsicherheit und sieht wiederum hinüber zu Salvatore.

In akzentfreiem Deutsch sagt sie dann zu ihm: „Ich freue mich, Sie kennen zu lernen." Dabei schiebt sie eine schwarze Locke, die ihr aus dem Kopftuch rutscht, zurück in ihr Versteck.

„Aleyna ist eine Cousine von Selda", beginnt Salvatore stockend.

„Wir haben uns zum ersten Mal bei Seldas Beerdigung in der Türkei gesehen, sie war damals gerade fünfzehn. Vor einem halben Jahr sind wir uns dann auf einem Straßenfest in Düsseldorf begegnet. Seldas Bruder war bei ihr."

Edgar bemerkt, dass es ihr peinlich ist und möchte am liebsten das Gespräch unterbrechen. Schließlich ist er doch für sie ein Fremder. Es klopft im rechten Moment an den Türrahmen und ein Wirbelwind tritt in den Raum. Es ist Lydia. „Hallo, wie findet ihr mich?" Sie hat ihr schönes, schwarzes Haar kürzer geschnitten und rot gefärbt. Salvatore lacht über das ganze Gesicht und überlegt kurz.

„Wie eine rostige Drahtbürste." Er schlägt sich auf die Schenkel. Edgar sagt zunächst einmal gar nichts, denn er kennt Lydias unberechenbare Reaktionen. Plötzlich meldet sich Aleyna zu Wort. „Hübsch siehst du aus, wirklich, es passt gut zu dir", sagt sie sehr überzeugend.

„Danke, Kleine", sagt Lydia und sieht ihren Bruder vorwurfsvoll an. Edgar bemerkt, dass die beiden Frauen sich schon kennen, und spielt verlegen am Schalter seiner Knetmaschine. Harkan, der alles interessiert aufnimmt, vor allem den neuen Ausdruck, den er soeben aufgeschnappt hat. Zweimal hintereinander ruft er: „Rostige Drahtbürste, rostige Drahtbürste." Dann macht er sich schnell aus dem Staub.

Lydia sieht man es an, dass sie innerlich kocht, aber sie beherrscht sich auf bewundernswerte Weise. Auch Salvatore will die Lage nicht weiter verschärfen und nimmt seine Schwester tröstend in die Arme.

Sie allerdings befreit sich schnell aus seinen Händen und versetzt ihm einen ordentlichen Schlag an die Schulter, die er sich dann mit schmerzverzerrter Mine massiert. Damit ist die Diskussion über Lydias Frisur beendet und keiner traut sich noch einen Ton darüber zu verlieren.

„Komm, Kleine, wir gehen nach draußen" sagt Lydia und nimmt Aleyna an die Hand. Beim Hinausgehen sieht sie noch einmal suchend nach Salvatore. Beide laufen sie das kleine Stück über die Straße zum Obstladen, vorbei an der Stelle, an der Selda starb. Edgar muss oft an den tragischen Unfall denken und es versetzt ihm jedes Mal einen Stich.

Er sieht den beiden Frauen nach und bemerkt, wie sie in angeregter Unterhaltung im Laden verschwinden. Die beiden Männer stehen nun eine Weile schweigend hinter der Schaufensterscheibe. Edgar bemerkt, dass der Freund noch etwas auf dem Herzen hat.

Zögernd beginnt Salvatore: „Du, ich mach`
mir Sorgen um Aleyna." Sein Gesicht wird
sehr ernst und die Finger trommeln nervös auf
der Tischplatte. Er greift in seine Jackentasche, zieht einen zerknitterten Zettel heraus,
legt ihn auf die Arbeitsplatte und breitet ihn
aus. Man sieht dem Blatt Papier an, dass es
schon oft gelesen wurde. Edgar nimmt es in
die Hand und bemerkt, dass der Text nicht in
deutscher Sprache geschrieben ist.

Salvatore spricht stockend weiter. „Aleyna hat
mir vor einer Woche diesen Zettel gezeigt. Ich
konnte zunächst nichts damit anfangen, hab`
aber dann bemerkt, dass der Inhalt sie sehr
beunruhigt."

Salvatore macht eine kurze Pause und geht
einige Schritte auf und ab.

„Der Brief kommt von ihrem Vater", setzt er
fort. „Sie soll sofort in die Türkei zurückkommen, wenn nicht, würde er sie holen und
sie wüsste, was das für sie bedeutet." Salvatore ballt die Faust und schlägt so wütend an
den Türrahmen, dass es knarrt, aber er spürt
den Schmerz an seiner Hand nicht. Edgar
sieht ihn besorgt an und geht einen Schritt auf
ihn zu. „Erzähl` mal die ganze Geschichte!"

„Na ja, wie du schon weißt, habe ich Aleyna
zum ersten Mal bei Seldas Beerdigung in der
Türkei gesehen. Die beiden Mädchen waren
vorher beinahe unzertrennlich.

Für Aleyna war Seldas Tod kaum begreiflich; sie konnte es nicht fassen.

Bei der Trauerfeier waren nur Seldas Eltern, ihr Bruder, Aleyna und ein Geistlicher anwesend. Es kam mir seltsam vor, denn Selda hatte doch schließlich eine große Familie. Die Trauernden wurden aus der Ferne von den Bewohnern des kleinen Dorfes beobachtet.

Ohne eine Zeremonie verabschiedeten sich die Eltern von ihrer toten Tochter und verließen den Friedhof, der Mann fünf Schritte vor seiner Frau, davor der Geistliche. Aleyna, die noch immer vor dem Grab kniete, wollte kaum den traurigen Ort verlassen. Seldas Bruder nahm sie schließlich am Arm und führte sie nach draußen. Auch ich stand noch lange da und konnte meinen Schmerz nicht mehr verbergen. Warum hatte man Selda auf diese schlichte Art begraben. War sie als Frau so viel weniger wert als ein Mann? Warum kamen keine Verwandten und warum schauten sich die Dorfbewohner die Trauerfeier nur von weitem an. Ich hatte damals keine Antwort auf diese Fragen. Obwohl es warm war, fror ich und warf meine Jacke über die Schultern. Nun wollte ich auch wieder zurück.

Am Straßenrand war jetzt niemand mehr zu sehen. Wo sollte ich nun hin gehen? Zu Seldas Eltern wollte ich nicht wieder, sie brachten mir schon seit meiner Ankunft eine eisige

Kälte entgegen. Ich verstand es nicht, weil doch in der Türkei, so wie in meiner Heimat, die Gastfreundschaft an oberster Stelle steht. Ich war mit einem Bus angereist, die Fahrt dauerte mit Pausen über achtundvierzig Stunden. Die Tour ging bis zur Kreisstadt und von da an weiter mit einem klapprigen Taxi durch die Berge.

Der Fahrer, der nur ein wenig englisch sprach, kannte die Strecke wohl auch nicht genau, denn er musste ständig Passanten nach dem Weg fragen. Selda hatte mir irgendwann einmal die Adresse ihrer Eltern und eine Wegbeschreibung zu ihrem Heimatort gegeben, außerdem die Handynummer von ihrem Bruder in Düsseldorf. Sie legte auch noch ein Foto von sich und ihren drei Brüdern dazu. Sie sagte damals: Sollte mal was passieren, ruf dort an!

Hatte sie damals schon etwas gewusst? Ich sagte zu ihr: Was soll schon passieren, außer, dass wir vielleicht heiraten?

Sie lächelte ein wenig, wurde aber dann sofort wieder ernst, was mich doch ein wenig wunderte.

So stand ich nun mit meiner Reisetasche auf dem kleinen Hügel. Vielleicht kann ich ja in dem kleinen Cafe am Ende des Ortes nachfragen, ob ich eine Schlafstelle bekommen kann.

Ich ging den schmalen Weg hinunter zum Dorf. Von dem Minarett einer Moschee rief der Muezzin zum Abendgebet. Von oben sah ich die verfallenen Häuser. Innenhöfe und einige grüne Bäume gaben dem Dorf in der Abendsonne sogar eine romantische Atmosphäre.

Auf halber Strecke kam mir dann plötzlich Seldas Bruder Methin entgegen. Ich war echt erleichtert ihn zu sehen. Methin hatte sich um die Überführung von Seldas Leiche gekümmert und hatte alle Formalitäten erledigt.

Er war ebenfalls am Morgen im Dorf eingetroffen.

Er reichte mir seine Hand und sagte: „Komm mit, du kannst bei mir übernachten, es ist nicht weit von hier."

Wir gingen hinunter zu den ersten Häusern und bogen in eine Seitenstraße ein. Dort hatte er ein altes Moped stehen, das von einem Nachbarn geliehen war.

Er schob die Maschine an, weil der Anlasser nicht funktionierte. Ich setzte mich nun hinter ihn und umklammerte meine Reisetasche. Wir knatterten schon einige Kilometer durch die beginnende Dämmerung und ereichten dann schließlich ein altes Bauernhaus. Es hatte Bruchsteinwände und sein Ziegeldach reichte an beiden Enden beinahe bis zur Erde. In einem Pferch waren Schafe und Ziegen. Hühner flatterten aufgeregt umher, sie waren vom lauten Auspuff des Mopeds aus dem Schlaf gerissen worden und ein großer Hund zerrte aufgeregt an einer Kette. Als das Motorgeräusch verstummt war, öffnete sich die Eingangstür des Hauses und ein alter Mann mit weißem Haar trat ins Freie. Der Mann hatte graublaue Augen und einen kräftigen Schnauzbart. Er breitete seine Arme weit aus, als er Metin sah. Die beiden Männer küssten sich herzlich auf die Wangen. Metin stellte mich als einen guten Freund vor.

Er ergriff auch meine Hand und ich wunderte mich über seinen kräftigen Händedruck. Auch dass er italienisch sprach, überraschte mich. Später erfuhr ich, dass er in seiner Jugend jahrelang auf einem italienischen Frachter die Weltmeere befahren hatte und Karriere bis zum ersten Offizier machte.

Wir betraten nun, nachdem wir uns unserer Schuhe entledigt hatten, den großen Wohnraum.

Uns empfing ein angenehmer Duft orientalischer Gewürze. An den Wänden hingen wertvolle Teppiche. Auch der Fußboden war restlos ausgelegt. In den Sitznischen lagen goldbestickte Brokatkissen.

Der Raum hatte einen großen, offenen Kamin und war angenehm von Kerzen und Öllampen beleuchtet. Rechts vom Kamin stand eine große Wasserpfeife. Ich hatte nicht einen solchen Luxus in diesem alten Haus erwartet. Im Gespräch erfuhr ich dann, dass der Alte ein Onkel war und dass die Beiden ein sehr gutes Verhältnis zueinander hatten. Wir setzten uns nun gemeinsam auf den Boden. Hinter einem Vorhang erschien nun eine Frau mit Kopftuch und traditioneller Kleidung. Sie hatte drei Schüsseln mit Wasser mitgebracht, lächelte uns freundlich zu und reichte uns Tücher und Duftöle.

Metin sagte: „Das ist meine Tante, die Schwester meines Onkels, und da hinten in der Ecke ist meine Oma." Ich hatte die alte Frau überhaupt nicht bemerkt und winkte ihr zu. Sie winkte zurück und als dann ihr Schleier verrutschte, konnte man ihren zahnlosen Mund sehen. Sie schien die Abwechslung zu genießen und schaukelte vor Freude hin und her. Nach dem Essen zeigte man mir das Zimmer, in dem ich die Nacht verbringen konnte, und mit den letzten Gedanken an Selda fiel ich in einen tiefen traumlosen Schlaf.

Am Morgen vermisste ich Metin, er war wohl schon ins Dorf gefahren, ich hörte das Moped, während ich wach wurde. Der alte Mann saß auf der Veranda und sah mich ernst an.

Ich setzte mich zu ihm hin. Seine Augen waren zu schmalen Schlitzen zusammengezogen.

„Du musst bald nach Hause fahren! Glaube es mir, es ist das Beste für dich."

Der freundliche Herr vom Tag zuvor schaute mich nun wie einen Fremden an, er wich meinen Blicken aus und ich merkte, dass er Angst hatte.

Nervös spielte er mit seiner kleinen Perlenkette, die er in der Hand hielt, wie so viele andere türkische Männer auch.

Ich legte meine Hand vorsichtig auf seine Schulter und er erschrak bei der Berührung. Er rückte einen Meter von meiner Seite und hielt mir seine Hand abwehrend entgegen. Nach einigen Minuten des Schweigens sagte er schließlich: „Du hättest nicht hierher kommen sollen. Du lebst in einer anderen Welt. Bei uns auf dem Land gelten andere Gesetze. Glaube mir, ich habe die Welt gesehen, aber hier in der Türkei ist in manchen Regionen die Zeit vor hundert Jahren stehen geblieben, hier herrschen noch die alten Familiengesetze. Die Ehre steht über allem, keiner kann sich gegen diese Tradition erwehren, das Wort des Familienoberhauptes ist Gesetz und kann von keinem angezweifelt werden, ist es nun gerecht oder auch nicht."

Langsam begann ich zu verstehen, dass sich die Sache eigentlich um Selda drehte. Vielleicht hatte er von meiner Beziehung zu ihr erfahren.

Der Alte begann nun ihre Geschichte zu erzählen. „Eines musst du mir versprechen, ich will dir jetzt ein Geheimnis anvertrauen, das nicht an die Öffentlichkeit kommen soll."

Ich zuckte mit der Schulter. Der alte Mann musste etwas loswerden, vermutete ich, und eines war mir klar, er hatte Angst davor.

„Erzähle mir alles, was mit Selda vorgefallen ist!", sagte ich ernst. Er stand auf und ging einige Schritte auf und ab.

„Es war…, ich glaube, es war vor über zwanzig Jahren. Mein Bruder kam nach sechs Wochen Abwesenheit zu Hause an, er arbeitete in einem Kohlebergwerk in der Mitte des Landes. Es war ein außergewöhnlich kalter Februar in diesem Jahr. Als er endlich nach langer Fahrt mit dem Zug und dann noch sieben Stunden mit dem Bus sein Haus erreicht hatte, herrschte große Aufregung. Zwei Frauen eilten mit Behältern voll heißem Wasser durch die Gänge. Die alte Hebamme war gerade angekommen.

Mein Bruder dachte sicher, jetzt bist du ja gerade richtig gekommen, deinen fünften Sohn zu begrüßen. Als man ihm dann das kleine Mädchen in die Arme legte, war er sehr enttäuscht und gab das kleine Bündel an die Frauen weiter. Er zog sich zurück, ohne nach seiner Frau zu sehen, und legte sich erschöpft schlafen.

Du musst verstehen, Mädchen sind bei uns in der Gegend nicht so viel wert, wie ein Junge, es wird halt immer ein Sohn erhofft und man nimmt eine Tochter eben so hin.

Die kleine Selda hatte es nicht leicht unter den vier Rabauken, aber sie war zäh und sie konnte sich bei ihren Brüdern durchsetzen. Ihr Vater konnte nicht viel mit ihr anfangen, selten hatte er ein gutes Wort für sie. Auch sie war immer froh, wenn er wieder in die ferne Stadt zum Arbeiten fuhr.

Sie tat mir damals Leid und ich fragte ihn schließlich, ob sie zu uns kommen könnte, im Haushalt zu helfen und auf die Tiere aufzupassen. Die meiste Zeit war ich ja auf See und meine Frau war froh, wenn sie jemanden um sich hatte.

Sie war damals im vierten Monat schwanger, mit Aleyna, als Selda zu uns kam.

Bei der Geburt starb dann meine Frau, sie hatte das Kind noch nicht einmal gesehen. Ich war froh, dass dann meine Schwester mit unserer Mutter ins Haus zog und uns half. Selda kümmerte sich rührend um die kleine Aleyna und die Beiden wuchsen wie Geschwister auf.

Als Selda siebzehn wurde, kam ihr Vater zu Besuch. Ich wusste schon, was er wollte.

Selda wollte nach draußen gehen, um ihm nicht zu begegnen, aber er hielt sie fest und sagte: Warte, ich hab dir etwas zu sagen! Er begann würdevoll:

Mein Kind, ich habe eine große Überraschung für dich, ich habe einen Mann für dich gefunden und du wirst nächsten Monat heiraten.

Selda wurde kreidebleich und ihre Augen waren weit aufgerissen. Hatte sie jetzt richtig verstanden, was der verhasste Vater hier zu ihr sagte, sie war doch noch viel zu jung und hatte noch nie nach einem Mann gesehen. Zum ersten Mal in ihrem Leben konnte sie seinem stechenden Blick widerstehen und sagte nur ein Wort: Niemals.

Seine Miene wurde finster. Er holte mit seiner großen Hand aus und schlug sie ihr mitten ins Gesicht, so dass sie auf die Erde fiel und benommen liegen blieb.

Danach drehte er sich um und verließ ohne Gruß das Haus.

Meine Schwester kümmerte sich sofort um das Mädchen und nahm es in die Arme."

Der alte Mann schwieg einen Augenblick und fuhr dann mit seiner Erzählung fort, als er bemerkte, dass ich etwas sagen wollte.

„Ich weiß, was du sagen willst, dass man seine Kinder nicht gegen ihren Willen verheiraten kann, aber es ist das Beste für ein Mädchen, wenn die Erwachsenen das tun."

In mir stieg Wut und Empörung auf und ich wollte erneut etwas sagen, da fuhr der Alte fort: „Selda wurde mit dem Sohn eines sehr reichen Großhändlers, der sogar Einfluss bis in Regierungskreise hatte, verlobt. Das Brautgeld überstieg bei weitem das, was üblich war. Seldas Eltern konnten hoch zufrieden sein."

In mir machte sich ein Gefühl von Verwunderung und Wut breit. Der Alte sprach ja fast so, als würde er es für richtig halten, was man Selda angetan hatte. Ich sah ihn von nun an in einem anderen Licht. Nicht mehr den freundlichen alten Herrn, der mich gestern so herzlich aufgenommen hatte. Obwohl er doch sicherlich die halbe Welt gesehen hatte, lebte er immer noch nach den alten Gesetzen von Familienehre und unbarmherzigem Stolz, aber ich hörte ihm weiter zu.

„Es war eine sehr große Hochzeit, das ganze Dorf war eingeladen, mehr als drei Tage wurde gefeiert, man hatte drei Rinder und mindestens fünfzehn Schafe geschlachtet, die Hochzeit musste ein Vermögen gekostet haben." Ihm leuchteten die Augen, als er von dem Fest erzählte.

Endlich wurde es mir zu viel und ich schrie ihn an: „Habt ihr auch einmal Selda gefragt, wie die sich fühlte, als ihr euer Fest gefeiert habt?" Der alte Mann überhörte mich und sagte dann in ruhigem Ton: „Selda war undankbar. Stell dir vor, sie hat ihrem Bräutigam die Hochzeitsnacht verweigert."

Je länger ich ihm zuhörte, desto mehr geriet ich in Zorn. Ich wäre ihm am liebsten an die Gurgel gegangen. Was hatte man ihr nur alles angetan? Warum hatte sie mir das alles nie erzählt, warum hielt dieser alte Idiot das alles für richtig, was man mit ihr machte? Am liebsten wäre ich aus dem Haus geflüchtet, aber ich wollte weiter erfahren, was mit ihr geschah.

Der Alte bemerkte meine Stimmung, aber er erzählte weiter und ich hörte angewidert zu.

Seldas Mann war auch gerade erst achtzehn Jahre und konnte das Ganze noch nicht richtig begreifen. Auch er wurde von seinem Vater zu dieser Hochzeit überredet. Lieber wäre er bei seinem Fußballclub in Istanbul, in dem er bei der ersten Mannschaft spielte, geblieben. Ein liebenswerter junger Mann, der aber noch kein ernsthaftes Interesse daran hatte eine Familie zu gründen. Sein Vater hatte aber schon vor Jahren den Brautvertrag mit Seldas Vater abgeschlossen. „So ist es hier auch richtig", betonte er selbstsicher. Ich musste mich beherrschen, doch ich hörte ihm weiter zu.

„Nach einer Woche fuhr Selda dann mit ihrer neuen Familie ins ferne Istanbul. Es war für sie ein schwerer Abschied von Aleyna, aber so ist nun mal das Leben", sagte er gestenreich.

„Drei Monate hatten wir nichts von ihr gehört, dann stand sie plötzlich vor unserer Tür, sie hatte nur ein kleines Bündel Wäsche bei sich. Aleyna fiel ihr sofort in die Arme. Was sollte das bedeuten? Ich fragte sie nach ihrem Mann. Sie wollte nicht antworten und merkte sofort, dass sie ohne seine Erlaubnis zurückgekommen war."

„Sag mir sofort, was geschehen ist", fragte ich sie und sie antwortete mit Zittern in der Stimme: „Sie haben mich verstoßen, sie haben die Scheidung eingereicht."

„Stell` dir vor", sagt er mit vorgehaltener Hand, „sie ist einfach alleine zurückgekehrt, als wenn das alles normal wäre. Das ist in meinem Land die größte Schande, wenn eine Frau ihren Mann verlässt."

Ich schaute ihn vorwurfsvoll an und sagte, so ruhig ich konnte: „Warum machen sich die Männer in diesem Land nur die Gesetze so, wie diese sie sie am besten gebrauchen können?" Wir schauten uns einen Moment lang feindselig in die Augen. Schroff forderte ich ihn auf weiterzuerzählen.

„Als mein Bruder erfahren hatte, dass Selda wieder da war, kam er zu meinem Haus gefahren. Er hatte den Ford Transit bei sich, wortlos nahm er Selda am Arm und brachte sie weg. Bei seiner Rückkehr erklärte er mir, dass er sie zu einer Tante in die Kreisstadt gefahren hätte. So wie ich weiß, verdiente diese Tante ihr Geld in einer Bar und man sprach in der Familie nicht gerne über sie.

Mein Bruder hatte Tränen in den Augen. Sie haben die Scheidung eingereicht, sagte er. Sie hatten sie verstoßen. Was für eine Schmach, kannst du dir das vorstellen? Sie haben das Brautgeld zurückgefordert.

Ich kann mich im meinem Dorf nicht mehr sehen lassen, warum hat meine Tochter mir das nur angetan?"

Ich unterbreche den Alten wieder. „Sollte Selda euch vielleicht noch dankbar sein?" Er sah mich verwundert an, als hätte er mir überhaupt nicht zugehört. Der Alte stand auf und ging ein paar Schritte. „Pass auf, mein Junge, sei sehr vorsichtig, du bist erst ein paar Tage in diesem Land, hier gehen die Uhren anders, als bei euch in Deutschland oder Italien. Hier bestimmt das Oberhaupt über das Wohl der Familie. Auch wenn nicht alles richtig war, was Seldas Vater entschieden hatte, durfte keiner sein Wort anzweifeln."

Er setzte sich wieder auf die Bank und ich merkte seine Erschöpfung, als er wieder nach seiner Perlenkette griff, um sie durch die faltigen Finger gleiten zu lassen.

Schleppend erzählte er weiter. „Selda kam noch einmal, an einem Nachmittag, in unser Dorf und besuchte uns in unserem Haus. Sie hatte westliche Kleidung an, ohne Kopftuch, und sie sagte, dass sie zusammen mit ihrer Tante nach Deutschland fahren wolle, wo sie in einer Schuhfabrik Arbeit gefunden und auch eine Arbeitserlaubnis bekommen hätten. Sie wollte wissen, wo Aleyna ist und ich erklärte ihr, dass sie seit einer Woche bei einem deutsch-türkischen Lehrerpaar lebte, das sie als Kindermädchen aufgenommen hatte.

Selda schien erleichtert, als sie das hörte. Plötzlich zuckte sie zusammen, ihr Vater kam mit seinem Ford in die Hofeinfahrt gefahren.

Er betrat den Wohnraum, als wäre er hier zu Hause. Da sah er völlig unerwartet seine Tochter. Es überraschte ihn. Er hatte sich aber schnell wieder gefangen. Ohne zu Zögern streckte er seine Hand wie zu einem Fluch nach ihr aus und sprach: Tochter, verschwinde mir aus den Augen und lass dich nie mehr lebend hier sehen. Du hast mich zum Gespött des ganzen Ortes gemacht.

Selda verließ dann mit gesenktem Kopf den Raum und ich nahm meinen Bruder in den Arm". Der alte Mann wirkte müde, er erhob sich mühevoll von der Bank und näherte sich bis auf wenige Zentimeter meinem Gesicht.

„Sei vorsichtig, mein Junge, wir haben hier ein wunderschönes Land, aber ich warne dich, wenn du dich in die Angelegenheiten der Leute einmischst, ist das gefährlich und du lebst nicht mehr lange."

Er nahm seine Perlenkette und ging in den Garten, wo er dann in seinem Olivenhain verschwand.

Ich saß noch eine Stunde, benommen von unserem Gespräch und den neuen Eindrücken, die ich hier auf der Terrasse hatte. Was musste Selda alles erdulden? Ich konnte nicht verstehen, dass sie mir nie etwas gesagt hatte und dass ich diese tragische Geschichte erst nach ihrem Tod erfahren hatte.

In der Ferne hörte ich dann das Knattern von Metins Moped. Es quälte sich den steinigen Weg hinauf, wie ein Insekt im losen Sand; aber ich war wirklich erleichtert einen Freund zu sehen. Er hatte die Fahrscheine für den Bus und die Tickets für den Rückflug nach Deutschland besorgt. „Bist du gut mit meinem Onkel klar gekommen", fragte er mich lächelnd. Ich sagte: „Ja, ja." Es klang aber nicht sehr überzeugend.

Endlich hatten wir das Haus des alten Mannes verlassen und erreichten auch das Taxi, das uns in die Kreisstadt bringen sollte. Im Wagen war es glühend heiß. Der Fahrer stieg noch einmal aus, um nach dem Kühlwasser zu sehen. Er war derselbe Fahrer, der mich schon gebracht hatte. Sicher hatte er auf mich gewartet. Aus dem Radio plärrte türkische Musik. Metin hatte es sich auf der Rückbank gemütlich gemacht und reichte mir eine kalte Cola. Nun stieg auch der Fahrer ein und startete den Motor. Als wir uns in Bewegung setzten, sahen wir plötzlich einige Gestalten, die uns beobachteten, dann flog ohne Vorwarnung ein Stein an unsere Seitenscheibe. Ein Mann mit grauem Bart ballte seine Faust und er hatte einen Fluch auf den Lippen.

Nach einigen Minuten waren wir dann auf der freien Landstraße und Metin meinte derb: „Besonders beliebt sind wir scheinbar nicht hier". Ich lächelte bittersüß zurück.

Nach langer, anstrengender Fahrt kamen wir dann in die Kreisstadt. Der Taxifahrer bedankte sich tausendmal für das großzügige Trinkgeld, das ich ihm überlassen hatte. Nicht immer hatte er eine so lohnende Tour. Wir luden unsere Taschen in den schon wartenden Linienbus, aber wir hatten noch eine Stunde Zeit. Metin lief zur Tankstelle, um einige kalte Getränke zu kaufen. Ich setzte mich unterdessen unter einen schattigen Baum. Er war der einzige weit und breit.

Vor mir stand ein junges Pärchen, das heftig flirtete. Schön, dachte ich, dass man so etwas in diesem Land auch einmal sieht. Als dann ein älterer Mann, den ich für einen Verwandten hielt, erschien, ließen die Beiden voneinander ab und jeder schaute in eine andere Richtung. Nachdenklich schüttelte ich den Kopf, ich würde wohl noch lange brauchen dieses Land zu verstehen.

Metin kam mit einer Plastiktüte voller Getränkedosen und einer Papiertüte, in der sich allerhand Gebäck befand, zum Parkplatz. Es wurde Nachmittag, als der Bus schließlich losfuhr. Er hatte noch auf einen der Kleinbusse, die es überall in der Türkei gibt, gewartet. Meist sind diese hoffnungslos überfüllt. Vormittags um Zehn erreichten wir dann den Flughafen. Ich hatte das Gefühl, ich starte in eine andere Welt, als die Maschine abhob und glaubte beinahe, ich hätte das alles nur geträumt."

Edgar, der die ganze Zeit geschwiegen und sich auf einer stabilen Kiste niedergelassen hatte, sieht Salvatore fragend an. „Na, was dann weiter geschah, weißt du ja selbst."

Die beiden schauen eine Weile schweigend aus der Schaufensterscheibe, die Straßenlaternen sind schon angeschaltet und im Westen wird der letzte helle Streifen des Tages von der Nacht verschluckt. Es ist eigentlich wie immer, denkt Salvatore, und sie schauen auf die Stelle, an der Selda verunglückte.

Salvatore nimmt eine Zigarette aus der Schachtel und zündet sie mit einem Streichholz an, mit dem Finger schnickt er es dann in eine Ecke. Edgar hat Mühe, die ganze Geschichte in der kurzen Zeit zu erfassen, und beginnt zu fragen: „Und dann hast du nach Jahren Aleyna bei diesem Straßenfest in Düsseldorf wieder gesehen?"

„Ja, sie war zusammen mit Metin. Sie hatte sich ein wenig verändert, aber noch immer hatte sie die schmale zierliche Figur. Doch ihre Gesichtszüge waren die einer jungen Frau geworden. Die Lehrerfamilie, bei der sie aufgenommen wurde, war nach Deutschland übergesiedelt. Sie hatten das Mädchen mit nach Düsseldorf genommen. Der Lehrer hatte wieder seine alte Stelle am Gymnasium bekommen und Aleyna konnte weiter als Haus- und Kindermädchen bleiben. Sie lernte perfekt Deutsch und Türkisch, in Sprache und Schrift. Ich war sehr beeindruckt, denn ich konnte ihr kaum das Wasser reichen, obwohl ich ja schließlich hier in diesem Land aufgewachsen war. Auch konnte sie Rechenaufgaben lösen, bevor ich sie in den Taschenrechner tippen konnte. Sie kann zehnstellige Zahlenreihen tagelang behalten und dann wieder fehlerfrei wiedergeben.

Als wir uns dann auf dem Straßenfest wieder sahen, war die Freude groß. Metin holte einige Getränke. Am italienischen Stand trat gerade eine Folkloretruppe aus Kalabrien auf.

Aleyna bewegte sich zum Rhythmus der Musik und klatschte in die Hände. Ich wunderte mich, dass sie dieses blöde Kopftuch trug. Nach einer Weile fragte Metin: Sag mal, kannst du heute Nachmittag ein bisschen auf meine Cousine aufpassen? Ich wunderte mich über diese Frage und konnte nicht viel damit anfangen. Aleyna sah mich fragend an und dann hinüber zu Metin, der nur grinste. Ich muss noch mal zum Bahnhof, um dort jemanden abzuholen. Ich bemerkte Aleynas hilflosen Blick.

Wir setzten uns auf eine der Holzbänke, etwas abseits vom Geschehen und waren sehr schnell miteinander vertraut. Aleyna erzählte mir von der Zeit, als sie von der Familie aufgenommen wurde und von ihrer Reise nach Deutschland. Natürlich hörte ich ihr interessiert zu, fragte sie aber dann beiläufig, wen Metin denn dort vom Bahnhof abhole.

Es war ihr scheinbar unangenehm, und ich sagte: Du brauchst nichts zu sagen, es geht mich ja nichts an.

Nein, nein, du kannst es ja ruhig wissen. Sie atmete tief ein.

Mein Vater hat noch eine zweite Frau. Sie lebte in der Kreisstadt, in der auch Selda zuletzt mit ihrer Tante wohnte. Die beiden haben einen gemeinsamen Sohn. Ich konnte nur noch staunen, alles hätte ich erwartet, aber das nicht.

Metin fährt jetzt zum Bahnhof und holt ihn dort ab.

Etwas neugierig frage ich sie, wie sie das denn mit der Ausländerbehördebehörde geregelt hätten.

Aleyna überlegt einen Moment und legt ihren Kopf auf die Seite, mit der rechten Hand richtet sie ihr Kopftuch. „Glaube mir, Papier ist geduldig und Geld öffnet so manche Tür."

Ich hatte kapiert und war befriedigt mit dieser Antwort, so gingen wir weiter zum nächsten Stand.

Der Junge ist ja ein ganz lieber und aufgeweckter Bursche, aber furchtbar verzogen. Ich habe jetzt schon ein bisschen Angst, hoffentlich komme ich mit ihm zurecht, ich habe ja schließlich auch noch meine Arbeitsstelle und gehe abends zur Schule, sagte sie lächelnd.

Von diesem Tag an sahen wir uns öfter und kamen uns auch näher."

Edgar setzt sich wieder auf seine Kiste und denkt über Salvatores Worte nach. „So wie ich das jetzt verstanden habe, scheint doch alles in Ordnung zu sein." Salvatore greift wütend in seine Tasche und holt den abgewetzten Brief hervor. „Gar nichts ist in Ordnung. Was will ihr Vater, dieser alte Idiot, jetzt plötzlich von ihr. Erst lässt er sie nach Deutschland ziehen, dann schickt er seinen Sohn nach und jetzt will er, dass sie sofort wieder zurückkommt, ich denke, er hat Wind bekommen, dass sie mit mir zusammen ist. Das Schlimmste dabei ist wahrscheinlich, dass ich kein Moslem bin und dann auch noch ausgerechnet Italiener. Er muss sich doch vorstellen können, wenn sie in einem fremden Land lebt, dass sie ja mal irgendwann jemanden kennen lernt. Glaube mir, ich habe so viel mit Selda mitgemacht, ich möchte mit Aleyna nicht noch mal das Gleiche erleben."

Edgar wird hellhörig. „Was meinst du, hast du irgendeinen Verdacht."

„Ja, ich glaube nicht, dass Seldas Tod ein normaler Unfall war." Edgar steht auf und sieht aus dem Fenster. „Den gleichen Verdacht habe ich schon lange, aber ich habe mich nicht getraut ihn dir gegenüber auszusprechen. Ich konnte nie verstehen, dass es keinen Prozess gegen den Unfallfahrer gegeben hatte. Er war einfach verschwunden. Der Polizei hatte er einen gefälschten Pass, einen türkischen Führerschein vorgelegt und war nach einem Tag Krankenhausaufenthalt geflüchtet."

Salvatore setzt sich auf einen Hocker. Nachdenklich stützt er mit beiden Händen seinen Kopf.

„Metin, den ich einmal fragte, meinte, er würde den Fahrer kennen, er war in der Zeitung, die über den Unfall berichtete, abgebildet. Er sei sich nicht ganz sicher, aber er glaube, er stamme aus dem Nachbardorf seiner Heimatstadt und sie hätten früher einmal gemeinsam Fußball gespielt. Sein Name sei Sekir Solak und er sei Sohn eines Religionslehrers. In seiner Jugend wurde er sehr streng nach den Gesetzen des Korans und denen seines Landes erzogen."

Edgar nimmt eine Wasserflasche aus dem Kasten, trinkt sie in einem Zug fast leer und stellt sie ganz vorsichtig auf die Tischplatte. „Weist du, was ich denke. Dein Freund Metin weiß mehr, als er sagt."

Inzwischen ist es ganz dunkel geworden. Vor Salvatores Gemüseladen wird eine Lampe angeschaltet und die beiden Frauen erscheinen in der Tür. Salvatore erhebt sich.

„Ich glaube, es ist besser, wir reden morgen weiter." Aleyna umarmt Lydia zum Abschied, als Salvatore die Straße überquert. Er winkt noch einmal mit der Hand. Lydia kommt herüber und sieht Edgar fragend an, „Oh Mama mia, was für eine Geschichte." Sie schiebt ihr Kinn nach vorne. Edgar braucht nicht weiter zu fragen, er weiß, dass sie eben die gleiche Geschichte von Aleyna erfahren hat. „Komm, lasst uns nach Hause fahren! Nimmst du mich ein Stück mit, in deinem Auto?"

Es ist schon lange nach Feierabend. Sie schließen die Ladentür ab und fahren mit dem Wagen zu dem Häuserblock, in dem Lydia wohnt. „Soll ich noch mit nach oben kommen?" fragt er, „Im Treppenhaus hält sich oft allerhand Gesindel auf."

„Lass nur, ich kann mich schon wehren. Komm gut heim. Morgen habe ich Frühschicht, da sehen wir uns ja." Sie haucht ihm einen flüchtigen Kuss auf die Wange. Gern hätte er sie in die Arme genommen, aber es ist wohl nicht der richtige Zeitpunkt.

Fünf Uhr früh am Morgen: Salvatore kommt von der Großmarkthalle zurück, Aleyna stellt die Holzgestelle vor den Laden. Hoffentlich kriege ich das auch alles los, was ich da eingekauft habe, denkt er, nimmt einige Salatkisten und trägt sie zu den Ständern. Edgar hält gerade einen Sack Mischmehl unterm Arm und amüsiert sich über Salvatores Wutausbruch, als eine Kehrmaschine vorüberzieht und ihm die Füße nass spritzt. Er schüttelt den Kopf und lässt den Inhalt des Gebindes in seine Maschine rieseln. Beim Blick durch das Fenster bemerkt er, wie Aleyna beruhigend auf ihn einzuwirken versucht. In diesem Moment kommt Lydia durch die Tür.

„Buon giorno", ruft sie allen zu, selbst die Chefin, die gerade Brote einsortiert, hat gute Laune. „Hat mein Bruder heute Badetag?" fragt sie schelmisch und bindet sich die Schürze um, dann geht sie hinüber und bläst Edgar etwas Mehl ins Gesicht. „Mann, oh Mann, ist die wieder gut drauf heute Morgen", denkt er. Sie sieht wirklich aus wie eine rostige Drahtbürste mit ihren gefärbten Haaren, Salvatore hat Recht. Dann wirft er die Rührmaschine an, schüttet eine Schüssel Wasser hinein und beobachtet, wie sich dicke Blasen in der Trommel bilden. Lydia ist in ihrem Element. Eine Gruppe Rentner ist gerade eingetroffen. Seit Wochen kommen sie schon hierher zum Frühstück.

Seit Lydia anwesend ist, läuft der Laden wunderbar. Gegen neun Uhr melden sich dann die Handwerker zur Frühstückspause und gegen Mittag serviert sie den Leuten frisch gebackene Pizza. Heute schaut auch Aleynas kleiner Schützling vorbei und wirft seine Schultasche in die Ecke. Er hat sich gut mit Edgar angefreundet und sagt auch nicht mehr Drahtbürste zu Lydia, obwohl es ihm auf den Lippen liegt. Sie legt ihm ein Stück Pizza auf einen Pappteller und er verzieht sich in die Backstube zu Edgar. Der Junge beobachtet ihn eine Weile kauend bei der Arbeit. „Na, Sportsfreund, was gib es Neues?", fragt Edgar

und holt eine Ladung Brote aus dem Back-
ofen. Er muss das Fenster ein wenig öffnen,
denn die Temperaturen im Raum sind tropisch
heiß angestiegen.

Das wäre doch auch ein schöner Beruf für
mich, denkt der Kleine. Du bist immer schön
in der Wärme. Man lässt dich in Ruhe arbeiten und du hast immer etwas Leckeres zu essen. Edgar schubst ihn von der Seite an.
„Komm, du kannst mir helfen die Berliner zu
befüllen!" Dabei hat er ihm schon einmal geholfen und ist sofort mit Eifer bei der Sache.
Edgar stellt ihm ein ganzes Blech hin und
Harkan beginnt nun mit der automatischen
Spritze die einzelnen Berliner mit Erdbeer-
marmelade aufzupumpen.

„Du, Edgar", meint er plötzlich. „Da draußen
war ein Mann, der hat nach Aleyna gefragt. Er
wollte wissen, wo sie wohnt und hat noch
weitere komische Fragen gestellt." Edgar wird
sofort hellhörig. Zunächst vermutet er, dass es
jemand von der Ausländerbehörde war, aber
der Kleine sagte, dass er türkisch mit ihm gesprochen hat.

„Ich gehe mal hinüber zu Salvatore, bleib du
schön hier und mach weiter, wenn du etwas
brauchst, kannst du Lydia fragen." Edgar
nimmt seine Jacke und eilt zum Obstladen. Es
sind einige Kunden im Raum, Aleyna hat alle
Hände voll zu tun und   Salvatore ist nicht zu

sehen. Edgar stellt sich in eine Ecke und isst eine Banane, die er sich aus der Auslage genommen hat. Als Aleyna ihn sieht, winkt sie ihm lachend zu und wendet sich wieder an ihre Kundschaft. Ihm stellt sich wieder die Frage: Wer war dieser geheimnisvolle Mann, der den Jungen ansprach? Als er aus dem Fenster sieht, bemerkt er einen ungepflegten, dunkelhaarigen Kerl, der auffällig lange herüberschaut. Ob das der Mann ist, den Harkan meinte? Als er Edgar bemerkt, wendet er sich ab und verschwindet. Edgar spürt eine Hand auf seinem Arm, es ist Aleyna. „Hast du etwas auf dem Herzen?", fragt sie. „Ja, ich will zu Salvatore."

„Er sitzt im Büro, soll ich ihn holen?"

„Nein, lass nur, ich gehe selbst hin." Er lächelt, denn er will sie nicht beunruhigen. Salvatore sitzt über einem Stapel Papier. Er hasst diesen Schreibkram und sieht sehr genervt aus.

„Du hast es gut, dass dir dies hier erspart bleibt", begrüßt er Edgar. Der gibt ihm zur Antwort: „Jeder macht halt die Arbeit, die er kann", und grinst. „Ich kann nur den Teig versalzen und die Brötchen verbrennen." Beide müssen lachen. „Sag mal, ist etwas, weil du zu dieser ungewöhnlichen Zeit auftauchst?"

„Ja, da schleicht so ein komischer Kerl um die Häuser und fragt nach Aleyna." Salvatore wird bleich und springt auf. „Wo ist der Kerl?" Edgar hält ihn an der Schulter fest und will ihn beruhigen. „Er ist doch schon wieder verschwunden."

„Wie sah er denn aus?"

„Na ja, so ein dunkler Typ, wie soll ich ihn beschreiben, Südländer halt, dunkle Haare, ich glaube, er hat eine große Narbe unter dem Auge, so wie von einer Schlägerei, oder von einem Unfall." Jetzt fällt es Edgar wie Schuppen von den Augen. Hatte der nicht Ähnlichkeit mit dem Lkw-Fahrer bei Seldas Unfall und hatte der nicht auch diese Verletzung, als man ihn aus dem Wagen holte?

„Was wollte er über Aleyna wissen?"

„Ich weiß es nicht genau, er hat mit dem Kleinen gesprochen. Der hat es mir eben gerade erzählt, aber ich glaube, wir sollten aufpassen und Aleyna nicht aus den Augen lassen." Salvatore geht unruhig in dem kleinen Raum auf und ab, öffnet dann die Bürotür, um in den Laden sehen zu können. Aleyna sitzt erschöpft hinter der Theke, man sieht ihr die schwere Arbeit an. Salvatore geht hin und nimmt sie in den Arm. „Bitte, Salvatore, lass das, was werden die Leute denken." Sie schiebt ihn vorsichtig zur Seite und richtet ihr Kopftuch. Edgar muss grinsen. Auf wen nimmt sie eigentlich Rücksicht, es ist ja niemand im Laden. Außer ihm vielleicht.

Eigentlich müsste ich ja wieder zur Arbeit, fällt es ihm ein und er verabschiedet sich mit einem deutlichen „Ciao, wir sehen uns später." Lydia empfängt ihn an der Ladentür und zischt: „Wo bleibst du so lange, die Alte hat schon ein paar Mal nach dir gefragt. Ich glaube, sie ist ganz schön sauer."

„Das eine will ich Ihnen sagen, mein Fräulein Lydia, die Alte habe ich überhört, und nun zu ihnen Herr Gerber. Es geht nicht an, dass sie sich ihre Pausenzeiten so nehmen, wie sie wollen und dann noch die Ware anbrennen lassen, ich habe immer viel Verständnis, wenn sie private Probleme klären müssen, aber ich möchte dann schon informiert sein, wenn sie die Firma verlassen. Wie sie wissen, lässt der Arbeitsmarkt es zu, dass sie jederzeit ersetzbar sind und das gleiche gilt auch für sie, Fräulein Lydia."

„Uff, das hat gesessen", denkt Edgar. Von ihrer Seite aus gesehen hat sie ja Recht und er beschließt klein beizugeben.

„Hoffentlich habe ich die beiden nicht zu schroff angefasst", überlegt die Chefin, lässt es sich aber nicht anmerken. „Eigentlich kann ich ja gar keine besseren Leute bekommen, aber ich kann mir doch nicht auf der Nase herumtanzen lassen."

Lydia verschwindet mit eingezogenem Genick und räumt das Kaffeegeschirr weg. Edgar brummelt kaum hörbar ein paar Worte und wendet sich seinem „Maschinenpark" zu.

Am nächsten Morgen, als Lydia und Edgar erscheinen, ist die Tür geöffnet und sie wundern sich, dass die Chefin schon da ist. Im Cafe ist ein Tisch weiß gedeckt, sie hat allerlei Köstlichkeiten aufgefahren. Die beiden sehen sich erstaunt an. Sie hatte wohl die gleiche Idee wie Edgar und Lydia.
Edgar befreit aus einem weißen Papier einen Blumenstrauß und Lydia hat eine Chiantiflasche, deren Hals mindestens einen Meter lang ist. Der Streit vom Tag zuvor ist vergessen und bevor der erste Kunde kommt, ist schon eine Flasche Champagner geleert. Als Edgar dann schließlich in seine Backstube geht, sieht er, wie sich die beiden Frauen herzlich umarmen und auf die Wangen küssen.
Durch die große Scheibe sieht Edgar auf die nasse Straße. Es hat angefangen zu regnen. Er muss an den vergangenen Tag denken und ist froh, dass sich alles so zum Guten entwickelt hat. Draußen sieht er Lydia. Sie spannt einen großen Regenschirm auf und läuft hinüber zur Sparkasse, um Wechselgeld zu holen. Als sie zurückkommt, hat der Schauer aufgehört und einige Sonnenstrahlen spiegeln

sich in den Pfützen. Lydia nimmt das Geldpaket unter den Arm und versucht den Schirm zu schließen, was ihr dann auch nach dem zweiten Versuch gelingt. Am Straßenrand angelangt, muss sie einem Wasserstrahl ausweichen, der von einem vorbeifahrenden Auto aufgespritzt wird. Lydia hat dank ihrer guten Reaktion Glück gehabt und nichts abbekommen, aber nun zeigt sie ihr ganzes Temperament.

Edgar sieht vom Fenster aus einen der schönsten Wutausbrüche, den er bei Lydia je erlebte. Sie rennt einige Meter hinter dem Fahrzeug her und droht mit ausgestreckter Faust. Der Fahrer ist sich aber keiner Schuld bewusst und fährt gelangweilt weiter. Lydia wirft ihm die schlimmsten Schimpfworte, die sie in zwei Sprachen kennt, hinterher. Der Fahrer ist jedoch längst außer Reichweite und sie kehrt wütend zum Laden zurück. Edgar öffnet ihr die Tür. „Kommen Sie herein, kleine Drahtbürste". Lydia stellt den Schirm ab und legt das Geld in die Kasse, sie weiß nicht, was sie jetzt lieber machen würde. Ihm eine reinhauen oder einfach nur losheulen. Edgar zieht den Kopf ein und geht. Er hat gemerkt, dass er etwas gesagt hat, was in dieser Situation nicht passte. Das Cafe hat sich inzwischen wieder gefüllt und Lydia zieht sich ihre weiße Schürze um. Zwei Arbeiter, die vor der Türe den

Gehweg neu pflastern, haben sich niedergelassen. Der eine spielt nervös mit einem Kaffeelöffel. Sie kümmert sich sofort um die beiden, denn sie weiß, dass sie nicht viel Zeit haben.

Auch der junge Mann, der schon seit einiger Zeit arbeitslos ist, hat sich eingefunden. Er bestellt sich zunächst ein Frühstück, so wie immer, dann, nachdem er die Zeitung mit den Stellenanzeigen durchgeblättert hat, einen Cognac und dazu noch ein kleines Bier.

Er tut Lydia Leid, seit er ihr erzählt hat, dass ihn seine Freundin jetzt auch noch verlassen hat. Sie muss zurückdenken an die Zeit mit Ramon, ihrem Ehemann. Hätte sie ihm nicht auch noch eine Chance geben sollen? Wie hatte er sie angefleht, ihn nicht zu verlassen. Er hat ja einen guten Kern, ist aber auch sehr labil. Schließlich muss sie noch heute einen Teil seiner Schulden, die von seiner Spielleidenschaft stammen, abbezahlen.

Mach dir keine Gedanken über Probleme anderer Leute, du hast selbst genug davon, fährt es ihr nüchtern durch den Kopf und geht mit einem Lächeln an die Arbeit. Der junge Mann zahlt und nimmt sich noch einen Flachmann mit, den er dann auf der Straße trinkt. Sie hat ein schlechtes Gewissen, denn er hat ihr wieder ein großzügiges Trinkgeld gegeben. So hoch, dass er es sich eigentlich nicht leisten

kann. Lydia sieht ihm noch, als er an der Fuß-
gängerampel wartet. Es hat wieder angefangen zu regnen. Armer Kerl, denkt sie. Auf der
anderen Straßenseite ist Aleyna damit beschäftigt die Auslagen mit einer Plane zu bedecken. Lydia beschließt nach Feierabend mal
hinüber zu gehen, um sie zu besuchen.
Da fährt ein Transporter vor, stoppt vor dem
Laden und sie verliert sie aus den Augen. Sie
geht nun in die Backstube, um bei Edgar die
frischen Backwaren abzuholen.
Als er sie in der Tür stehen sieht, hält er
beschwichtigend die Hände nach oben, Lydia
muss lachen. „Ihr Männer seid doch alle
gleich, erst habt ihr ein großes Maul und wenn
ihr gemerkt habt, dass ihr etwas Falsches gesagt habt, seid ihr nur noch halb so groß und
das mit Hut und Absätzen. Sie streckt die
Hände in die Höhe. Mamma mia, was für ein
Tag. Es lebe das starke Geschlecht", sagt sie
und unterdrückt ein Lachen. Ohne ein weite-
res Wort schiebt sie den Korbwagen mit den
Brötchen nach draußen und schließt die Tür.
Edgar greift sich einen Papiersack mit Back-
mischung, lässt diese in das Rührwerk einrie-
seln, schüttet noch einen Eimer Wasser hinzu
und schaltet auf die langsame Stufe.
Was für ein Energiebündel, geht es ihm durch
den Kopf und geht weiter zum zweiten Back-
ofen, um nach der nächsten Ladung zu sehen.

Gern würde er sich mal abends mit ihr verabreden, um ihr etwas näher zu kommen. Er öffnet die große Klappe und lässt die restliche Ladung in einen neuen Korbwagen fallen. Die Hitze nimmt ihm fast den Atem und er holt sich eine Flasche Mineralwasser aus dem Kasten, trinkt sie halb leer und stellt den Rest auf die Fensterbank. Durch die beschlagene Scheibe sieht er Salvatore ebenfalls den Weg in Richtung Sparkasse gehen, er kommt nach einer Minute wieder heraus und geht zum Zeitungskiosk, welches er jedoch auch nach kurzer Zeit wieder verlässt. Edgar wundert sich, sonst füllt er dort immer noch einen Lottoschein aus und trinkt einen Cappuccino bei Horst. Hastig verlässt er den kleinen Laden und überquert die Straße wieder. Edgar sieht wie Lydia ihm entgegen eilt. Sie stehen mitten auf der Fahrbahn und reden aufgeregt miteinander. Einige Autos müssen ausweichen und hupen lautstark.

Edgar geht nach draußen, er hat eine schlimme Vorahnung. „Hast du etwas gesehen?", fragt Salvatore. „Aleyna ist verschwunden. Ich hab schon überall gesucht und gefragt. Weißt du, wo Harkan ist? Der hat doch diesen Kerl gesehen, der nach ihr gefragt hat?" Lydia kann sich erinnern. „Als ich Aleyna das letzte Mal gesehen hatte, war sie damit beschäftigt das Obst mit der Plane zu bedecken, weil es anfing zu regnen. Dann fuhr dieser Transporter vor und ich hatte sie aus den Augen verloren."

„Ja", bestätigt Edgar. „Den habe ich auch gesehen."

„Wie sah das Auto aus?", will Salvatore wissen. Edgar überlegt kurz. „Na ja, ich denke, es war ein Ford Transit, ein älteres Baujahr. An der hinteren Tür war ein Reserverad befestigt, ich glaube, der Wagen hatte eine silbergraue Farbe. Den Fahrer konnte ich allerdings nicht sehen." Salvatore geht aufgeregt den Fußweg auf und ab und Lydia versucht ihn zu beruhigen. Sie legt ihm die Hand auf die Schulter, aber er wendet sich ab und schlägt die Hände vor das Gesicht.

In diesem Moment kommt Harkan mit dem Fahrrad um die Ecke gebogen. Aufgeregt winkt er mit der freien Hand. Er lässt das Rad auf die Erde fallen und will etwas sagen. In der Aufregung fallen ihm aber kaum deutsche Worte ein. So wie Salvatore ihn versteht, hatte er gesehen, dass der Mann, mit dem er schon einmal gesprochen hatte, Aleyna gepackt und in den Transporter gezerrt hatte. Er hätte dabei ein Messer in der Hand gehalten. Als er losfuhr, wäre er ihm noch bis zur nächsten Ampel nachgefahren, hätte ihn dann aber verloren. Aufgeregt hält er Salvatore seine Hand hin. Er hatte mit Filzstift eine

Nummer auf seine Handfläche geschrieben. „Es ist die Autonummer", sagt er. Salvatore studiert sie und stellt fest, dass es sich nicht um eine deutsche Zulassung handelt.

Edgar fragt ihn: „Hatte der Mann eine Narbe unter dem Auge?"

„Ja, woher weißt du das?" Edgar läuft ein Schauer über den Rücken. Er ist sich sicher, dass er derselbe Mann ist, der Seldas Tod verursachte.

Was will dieser Mann nur von Aleyna? Will er sie der Familienehre wegen zurück nach Anatolien schaffen? Hatten diese beiden starrköpfigen Brüder das schon bei Selda versucht. Warum musste sie dabei ums Leben kommen? War es ein tragischer Unfall, oder sollte sie sterben? Hatte Selda ihren Vater so tief beleidigt, dass er sie im fremden Land auf diese schreckliche Art töten ließ?

Würde Aleyna nun auch durch den Befehl ihres Vaters das gleiche Schicksal erleiden?

Harkan sieht Salvatore an. „Du, ich kenne dieses Auto. Es gehört meinem Onkel. Er war damit einmal bei uns, als er Selda zu meiner Tante brachte; es ist aber nicht mein Onkel, der jetzt im Auto sitzt, es ist ein jüngerer Mann."

Salvatore fällt ein, dass Seldas Bruder Metin von einem gewissen Sekir sprach, dem Lkw-

Fahrer, den er vom Fußball her kannte und er beschließt ihn gleich anzurufen.

Lydia, Edgar und Harkan gehen hinüber zur Konditorei. Die Chefin steht schon nervös in der Tür.

Als sie eintreten, nimmt sie Lydias Hand und fragt: „Ist was mit Aleyna?" Lydia fasst sich an die Stirn. „Ja, ich glaube, man hat sie verschleppt" und wendet sich ab. Hilflos sieht sie nach Edgar, der trommelt nervös mit den Fingerkuppen am Türrahmen. „Wir müssen etwas unternehmen, es muss schnell gehen und ich brauche dringend ein paar Tage Urlaub", sagt er in einem Satz. Die Chefin sieht ihn hilflos an. Sie hebt mehrmals die Arme in die Höhe und sagt: „Klar, natürlich, es ist ja schließlich ein Notfall", und verschwindet in ihrem kleinen Büro.

Edgar nimmt seine Jacke vom Haken und geht nach draußen. Er hat den Autoschlüssel in der Hand; was wird der Mistkerl wohl als nächstes vorhaben? Als er den Wagen erreicht, sieht er Lydia hinter sich. „Wo rennst du hin, mit Panik erreichen wir gar nichts." Sie greift in ihre Handtasche und nimmt ihr Handy, drückt ein paar Tasten und hat Salvatore in der Leitung. Aufgeregt spricht sie einige Worte italienisch mit ihm und dann wieder deutsch. „Salvatore, beruhige dich bitte, wir kommen vorbei."

„Salvatore ist in seiner Wohnung und packt ein paar Sachen. Er will in die Türkei fahren", sagt sie zu Edgar. „Lass uns hinfahren, sonst dreht er noch durch."

„Hast du einen gültigen Reisepass?", fragt Edgar. „Ja, ja schon, soll ich mitfahren?" fragt sie überrascht. „Ich muss aber auch noch schnell etwas einpacken." Sie ist froh, dass Edgar bereit ist zu helfen. „Ich hole dich gleich bei deiner Wohnung ab", sagt Edgar bestimmt und fährt los, um zunächst Salvatore abzuholen. Nach einer Stunde sind die Beiden zurück, Lydia steigt zu und sie starten, wie bei einer Flucht in Richtung Autobahn.

Salvatore war inzwischen auf einem Polizeirevier und hatte eine Anzeige gemacht. Die Beamten haben den Fall aufgenommen und auch sie versuchten ihn zu beruhigen. Nach zwanzig Minuten verließ er dann das Revier, nachdem er die Beamten in seiner Aufregung beinahe auch aus der Ruhe gebracht hatte. Sie versprachen ihm, sich sofort um den Fall zu kümmern, was Salvatore jedoch nicht besonders überzeugte.

Endlich haben sie den Feierabendverkehr am Frankfurter-Kreuz hinter sich gelassen und fahren auf der linken Spur in Richtung Würzburg. Auch Salvatore ist froh, dass Edgar ihm angeboten hat, dass sie mit seinem schnellen Wagen fahren können. Mit seiner alten Schüssel wären sie sicher nicht weit gekommen. Lydia sitzt auf der Rückbank zwischen Taschen und Vorräten, die sie in aller Eile gepackt hatte.

Sie hat alle Papiere an sich genommen und kontrolliert diese noch einmal, dann packt sie alle Dokumente in eine schmale Brusttasche, die sie eng am Körper trägt. Als sie ihre Jacke schließt, überkommt sie ein Frösteln und sie umschließt eines der Kissen mit ihren Armen. Ihr wird plötzlich bewusst, auf welches ungewisse Abenteuer sie sich da eingelassen hat.

Vielleicht ist Aleyna ja dem Mann entkommen, ist noch in der Stadt und wir fahren umsonst? Oder hat er sie schon längst umgebracht, genau wie Selda? Hätte man den Fall nicht besser der Polizei überlassen sollen? Sie schaudert und lehnt sich erschöpft zurück. Salvatore studiert die Straßenkarte und sie reicht ihm eine Cola. Inzwischen hat sie die Dunkelheit eingeholt. Schwarze Schatten fliegen vorbei und grelle Scheinwerfer kommen ihnen entgegen. Lydia kämpft mit dem Schlaf. Als letztes sieht sie noch die Hinweisschilder der Raststätte Holledau und fällt dann in einen kurzen Schlaf.

Salvatore und Edgar unterhalten sich leise. Er erzählt Edgar, dass er Seldas Bruder am Telefon erreicht und nach diesem Sekir Solak gefragt hätte. Der hätte ihn sehr eindrücklich vor ihm gewarnt. Er meinte, er sei ein Verbrecher und würde auch vor einem Mord nicht zurückschrecken. Er sei auch davon überzeugt, dass er Selda absichtlich umgebracht habe. Sie sollten auch vorsichtig mit den beiden Alten sein, auch die gingen über Leichen. Die Familienehre gehe für sie über alles und sie hätten kein Erbarmen, wenn die Kinder sich nicht ihrem Willen fügten.

Edgar nimmt das Gas zurück, denn vor ihnen erscheinen die Warnschilder einer Baustelle. Er wechselt auf die rechte Fahrbahn und sie nähern sich einer langen Kette von Rücklichtern. Dann dreht das Radio etwas lauter und nach einigen Minuten kommt eine Staumeldung vom Münchner Ring. Die Schlange löst sich jedoch wieder auf und die Autos beschleunigen ihre Fahrt erneut. Edgar zieht an einem Lkw vorbei und sieht plötzlich den alten Ford Transit mit dem Reserverad an der hinteren Tür.

„Salvatore, da ist er." Salvatore schlägt sich auf die Schenkel. „Da ist das Schwein, den kriegen wir, überhol ihn!" Er öffnet das Fenster, als wolle er ihn mit den Händen greifen. Edgar gibt Vollgas, sodass die Reifen durchdrehen, und er wechselt wieder die Spur. Beinahe können sie schon ins Führerhaus sehen. Da nähert sich ihnen von hinten ein noch schnelleres Fahrzeug. Ein weißer BMW mit

Blaulicht. Sie werden auf den Seitenstreifen gedrängt und zwei Beamte springen mit Schusswaffen in der Hand aus dem Streifenwagen. Sie richten ihre Pistolen auf Edgar und Salvatore. Beide steigen mit erhobenen Armen aus dem Fahrzeug. Salvatore sagt genervt: „Ihr habt die Falschen geschnappt." Der junge Polizist nimmt seine Dienstwaffe in beide Hände und zielt auf seinen Kopf. „Ganz vorsichtig und ruhig aussteigen, die Hände auf das Autodach und die Beine auseinander." Hoffentlich behält Salvatore die Ruhe, denkt Edgar. Beide stehen nun wie Schwerverbrecher am Fahrzeug und werden nach Waffen durchsucht. Lydia, die nun auch aus dem Schlaf erwacht, hat relativ schnell die Situation erkannt. Sie entschärft die Lage mit ihrer typisch unkomplizierten italienischen Art. Sie reicht den Beamten sämtliche Papiere und sie werden danach freundlicher. „Warum sind Sie denn plötzlich so schnell gefahren, als Sie uns gesehen haben?"

Edgar tut erstaunt. „Ich hab Sie ja gar nicht gesehen. Wir haben es eigentlich nur eilig." „Normalerweise wäre ja eine Anzeige fällig, aber wenn sie sich jetzt ganz ruhig ans Steuer setzen, wie normale Leute weiterfahren und den Sicherheitsgurt nicht vergessen, können wir mal ausnahmsweise davon absehen." Edgar setzt den Wagen wieder in Bewegung.

Lydia setzt noch einmal ein süßes Lächeln auf und winkt den beiden zu. Der Streifenwagen begleitet sie noch einige Kilometer bis zur nächsten Tankstelle und Edgar fährt beruhigt weiter. Nach einiger Zeit erhöht er die Geschwindigkeit dann wieder. Salvatore studiert die Straßenkarte und Lydia verstaut die Papiere wieder in ihrer Brusttasche. Sie erreichen nach einiger Zeit Innsbruck und es geht weiter in Richtung Villach, Zagreb und Belgrad. Irgendwann werden wir den Kerl erwischen und Aleyna befreien, davon ist Edgar überzeugt, und erhöht noch einmal die Geschwindigkeit. Wenn wir ihn auf der Autobahn nicht schnappen, dann spätestens in der Türkei. Edgar schaut in den Rückspiegel, Lydias Augen sind übermüdet und haben nicht den feurigen Glanz, den er sonst bei ihnen kennt. Er konzentriert sich wieder auf den Verkehr, da legt sich ihre Hand von hinten auf seine Schulter und er fühlt ihren Atem auf seinem Hals.

Nach einigen Stunden erreichen sie Zagreb. Salvatore ist nun auch eingeschlafen. Er hat sich dagegen gewehrt und Edgar fährt schließlich den nächsten Parkplatz an. Es ist eine Raststätte mit Tankstelle und Restaurant. Salvatore wird wieder wach von seinem kurzen Schlaf. „Wir gehen nur eine Tasse Kaffee trinken", sagt Edgar und legt ihm eine Hand auf die Schulter. „Ja, schon gut, ich bleibe hier beim Auto. Ihr könnt mir ja etwas mitbringen." Er stellt die Rückenlehne etwas nach hinten und verriegelt den Wagen von innen. Es ist besser, wenn jemand im Auto bleibt, denkt er sich. Lydia und Edgar nähern sich einer Holzbaracke. Am Dachgiebel blinkt eine Leuchtreklame, bei der einige Buchstaben ausgefallen sind. Salvatore sieht noch vom Wagen aus wie Lydia nach Edgars Hand sucht, wie er sie dann mit einem Arm umfasst und sie in die Gaststube führt. Sie setzen sich an einen kleinen Tisch, die Platte ist verklebt und ein Aschenbecher ist noch gefüllt von den Gästen zuvor. Der Stuhl bewegt sich ächzend unter Edgars Gewicht. „Schöne Kaschemme", sagt er. Da kommt von hinten ein junges Mädchen mit einem Lappen und einer neuen Papiertischdecke. Er schätzt sie höchstens auf sechzehn Jahre. Sie lächelt freundlich. Schade, denkt Edgar, dass sie so penetrant geschminkt ist. In Düsseldorf würde sie so auf jeden Straßenstrich passen. Umständlich wischt sie den Tisch ab, nimmt den gefüllten Aschenbecher und leert ihn in einen Eimer. „Möchten sie etwas trinken?", fragt sie in holprigem Deutsch. „Zweimal Kaffee bitte", sagt Edgar und beschließt das Lokal bald wieder zu verlassen. „Möchten Sie nicht auch eine Kleinigkeit essen?" fragt sie. „Wir haben heute geschlachtet und es ist alles ganz frisch. Wollen sie vielleicht mitkommen in die Küche, mein Papa ist dort gerade bei der Arbeit." Eigentlich haben sie ja schon Hunger und begleiten das Mädchen zögernd in die Küche. „Ich bin Swetlana und das ist mein Vater Stravko." Sie führt die Beiden in eine einfache aber saubere Küche. Stravko steht mit einem langen hölzernen Rührlöffel an einem Kupferkessel, in dem unzählige Würste brühen. Er hat eine weiße Schürze umgebunden, die ihm bis zur Brust reicht und auf seinem gewaltigen Kopf hat er einen hohen weißen Hut, mit dem er fast bis zur Decke reicht. In einer gusseisernen Pfanne brutzeln einige Stücke Fleisch, es riecht nach Zwiebeln, Knoblauch und scharfen Gewürzen.

„Hallo, junge Leute. Habt ihr großen Hunger? Ich bringe euch gleich schönes Essen. Trinken erst einmal guten Rotwein, von meinem Vater gemacht", sagt er in serbokroatischem Dialekt. Edgar läuft das Wasser im Mund zusammen. Jetzt merkt er, dass sie schließlich seit dem Morgen nichts mehr gegessen haben. Lydia fragt das Mädchen, ob sie sich irgendwo frisch machen kann, und sie führt sie in ein Badezimmer, das sonst sicher nur privat genutzt wird. Sie wäscht sich mit dem kalten Wasser die Müdigkeit aus den Augen und versucht mit einer Haarbürste ihre roten Stacheln zu bändigen. Sie lächelt in den Spiegel. Irgendwie hat Salvatore schon Recht mit ihrer Frisur. Dann zieht sie mit dem roten Stift ihre Lippen nach und verlässt das Zimmer. Als sie zum Tisch zurückkommt, bringt Swetlana das Essen und einen Krug Rotwein. Edgar sagt ihr, sie möge noch eine Portion für Salvatore, der ja im Auto wartet, bereiten. Mit Appetit essen sie die scharf gewürzten Speisen, dazu frisch gebackenes Weißbrot und kühlen roten Landwein. Er schmeckt hervorragend.

Swetlana sitzt am Nachbartisch und raucht eine Zigarette. Die anderen Gäste sind schon gegangen. Eine kleine Katze springt ihr auf den Schoß und spielt mit der Tischdecke. Das Mädchen streichelt sie, setzt sie wieder auf die Erde und geht dann in die Küche, um das Essenpaket für Salvatore zu holen. Sie wirkt schon sehr müde und ihre Schminke ist ziemlich verschoben. Schade, denkt Edgar, sie hat es doch eigentlich gar nicht nötig, sich so anzumalen. Swetlana schaut auf die Armbanduhr und muss gähnen, es ist weit nach Mitternacht und sie hat einen langen Tag hinter sich. Edgar holt seine Geldbörse hervor und zahlt die Rechnung. Er gibt ihr noch ein ordentliches Trinkgeld dazu, worauf sie sich herzlich bedankt. Der Wirt löscht das Licht in der Küche und als sie den Raum verlassen, ruft er ihnen noch laut nach: „Dovidenja", was so viel heißt wie auf Wiedersehen. Draußen blinkt die Neonreklame und Lydia sieht zur Erde. Sie entdeckt einen kleinen Gegenstand, der im schwachen Licht schimmert. Zunächst hält sie ihn für einen Kronkorken, bückt sich dann aber und hebt eine kleine Handkette vom Boden auf. Sie hält sie ins Licht und erkennen eine Inschrift: „In Liebe Salvatore." Die Kette muss Aleyna gehören, denken beide zur gleichen Zeit und sie gehen zurück zur Tür. Swetlana will gerade abschließen, aber Edgar hält ihr die Kette hin. „Wir haben das gerade auf der Treppe gefunden. Waren vielleicht vor uns ein Türke und eine junge Frau bei euch im Lokal?" „Ja, ja, da waren welche. Ein Mann und ein Mädchen mit Kopftuch. Sie tat mir Leid, denn der Mann hat sie sehr schlecht behandelt. Er hat Brot, Käse und drei Flaschen Wasser gekauft und dann schnell bezahlt. Als sie etwas sagen wollte, hat er ihr in finsterem Ton etwas zugeflüstert, was ich jedoch nicht verstanden habe, weil es türkisch war. Sie riss dabei die Augen weit auf und verließ darauf das Lokal mit gesenktem Kopf."

„Hatte der Mann eine Narbe im Gesicht?"

„Ja, er sah unheimlich aus."

„Wie lange ist es her, seit sie wegfuhren?" Das Mädchen überlegt. „Ich hatte gerade alle

Hände voll zu tun, aber ich denke, es war vor drei oder vier Stunden."

„Danke", sagt Edgar. „Du hast uns sehr geholfen", und er reicht ihr noch einmal die Hand. Sie eilen zum Auto und Swetlana schaut ihnen noch eine Weile nach. Sie wundert sich über ihre Aufregung. Als sie losfahren, winkt sie ihnen noch einmal nach. Was soll sie sich Gedanken machen. Jeden Tag sieht sie hier neue Leute ankommen. Alle haben sie ein eigenes Schicksal. Sie kommen aus verschiedenen europäischen Ländern. Die meisten halten sich nicht länger als eine Stunde auf. Sie fahren nach Jugoslawien, Griechenland, in die Türkei oder auch in irgendwelche andere östliche Länder. Manchmal freut sie sich, wenn sie auf der Rückreise wieder hereinschauen. Gerne würde sie dann mitfahren und ein schönes Leben in Italien, Österreich oder Deutschland beginnen, aber was sollte sie ihrem Vater sagen. Seit Mutter ihn verlassen hatte, ist sie seine einzige Stütze. Sie verschließt die Eingangstür mit einem schweren Riegel. Man muss vorsichtig sein in dieser Einsamkeit hier, wo auch allerhand Gesindel vorbeikommt.

Edgar, Lydia und Salvatore sind die ganze Nacht durchgefahren. Es ist eine Strapaze für Mensch und Auto. Die Straße hat sich seit zwanzig Jahren nicht gebessert. Nach dem Krieg wurde sie nur noch schlechter. Bei Sonnenaufgang halten sie auf einem Parkplatz. Salvatore geht hinaus, um sich die Beine zu vertreten. Er läuft durch das feuchte Gras und kommt zu einem kleinen Weiher. Es riecht seltsam nach Chemie. Salvatore sieht genauer hin und erkennt eine Senke, gefüllt mit einer giftigen Masse. An den Rändern sind Gras und Sträucher verbrannt. In der Böschung liegt der umgekippte Hänger eines Tankwagens. Salvatore kann es kaum glauben. Niemand hat sich weiter um die Beseitigung der Katastrophe gekümmert. Er schüttelt hilflos den Kopf und geht erschüttert zurück.

Edgar und Lydia haben die große Straßenkarte über dem Autodach aufgeschlagen. Salvatore erzählt nichts von seinem Erlebnis, das er ein paar Meter weiter hatte, und gesellt sich zu den beiden. Edgar legt ihm die Hand auf die Schulter.

„Wir sind jetzt kurz vor Belgrad. Wenn alles klappt, sind wir vormittags in Nis und erreichen am Nachmittag an der bulgarischen Grenze die Stadt Sofia. Vielleicht erwischen wir den Kerl noch auf der Strecke. Wenn nicht, dann wissen wir ja, wo er hin will, der entgeht uns nicht, glaube mir, das verspreche ich euch, und wenn wir ihn um die halbe Welt jagen."

„Danke", sagt Salvatore kurz und besteigt den Wagen. Was hätte er wohl ohne die Hilfe des Freundes anfangen können. Lydia faltet die Karte zusammen, setzt sich zu ihrem Bruder und gibt ihm einen Kuss auf die Wange. „Wir werden es schon schaffen, so wie wir schon früher so manches gemeistert haben. Edgar setzt das Auto in Bewegung. Der schwere Wagen entschuldigt so manches Schlagloch, das sie auf dieser langen Strecke durchfahren. Endlose Schlangen von Lastwagen kommen ihnen entgegen, die meisten sind hoffnungslos überladen und würden in Deutschland aus dem Verkehr gezogen. Edgar klappt die Sonnenblende herunter. Die Sonne kommt ihnen direkt von vorne, aus dem Osten, entgegen. Das Außenthermometer zeigt bereits vierundzwanzig Grad und es werden im Laufe des Tages mit Sicherheit über dreißig werden. Der Lastwagen vor ihnen verliert durch den Fahrtwind ständig feinen Sand, der ihnen auf die Windschutzscheibe rieselt. Edgar versucht zu überholen. Als sich endlich eine Gelegenheit bietet, setzt er den Blinker und zieht vorbei. Schnell ist er wieder auf der rechten Spur, da sieht er vor sich eine Polizeistreife mit Blaulicht. „Oh nicht schon wieder!" schimpft er und drosselt die Geschwindigkeit. Er ist erleichtert, als er sieht, dass die Polizisten den Verkehr weiterwinken. Es muss sich ein schwerer Unfall ereignet haben. Nach einigen hundert Metern sehen sie am Straßenrand einen ausgebrannten Reisebus. Die Wagen vor ihnen kommen langsam zum Stillstand. Sie sehen wie Hilfskräfte Verletzte bergen und verbeulte Autos von der Straße räumen. Schrittweise wird der Verkehr an der Unfallstelle vorbei geleitet. Lydia verbirgt ihr Gesicht in einem Kissen und alle sind froh, dass sie den Ort des Grauens verlassen haben. Nach einiger Zeit hat sich die Schlange wieder aufgelöst und sie erreichen eine Anhöhe, so dass sie Wohnblocks der Großstadt Belgrad sehen können.

Die Straße spreizt sich nun zu einer achtspurigen Stadtautobahn mitten durch Belgrad. Ernsthafte Verkehrsregeln scheint es hier nicht zu geben. Der Schnellere hat Vorfahrt und die Hupe wird bei jeder Gelegenheit eingesetzt, trotz allem fließt der Verkehr. Edgar steuert den Wagen unbeirrt durch das lärmende Chaos des Berufsverkehrs. Er versucht ruhig zu bleiben, aber man sieht ihm die Anspannung an. Lydia legt ihm von hinten die Hand auf die Schulter. Es tut ihm gut und er muss lächeln, als er in den Rückspiegel sieht. Edgar greift nach hinten und nimmt ihre Hand einige Sekunden, muss sich dann aber wieder auf den Verkehr konzentrieren. Sie erreichen erneut eine Anhöhe über der Stadt. Von hier aus kann man die riesigen Ausmaße von Belgrad erkennen.

Endlose Straßen und Hochhaussiedlungen, die noch aus Titos Zeit stammen, aber auch weitläufige Parks und Grünanlagen durchziehen die Häuserschluchten. Sie sehen von oben, wie sich die Autobahn in einer weiten Schleife ins Tal windet. Edgar erkennt in der Ferne die Hinweisschilder einer Tankstelle und beschließt dort anzuhalten.

Er betankt den Wagen. Es ist höchste Zeit, denn die Warnleuchte der Tankuhr hat schon mehrfach aufgeleuchtet. Salvatore geht hinüber zu einer Imbissbude. Er blickt nach allen Seiten, vielleicht sieht er ja irgendwo den alten Ford Transit. Er spürt in seiner Brusttasche das harte Eisen seiner Pistole. Wieder hat er sie an sich genommen und sich vorgenommen sie zu benutzen, wenn es nicht anders geht. Vor Jahren hat er die Waffe bei einem Kartenspiel gewonnen. Seit dieser Zeit hat er sie weggeschlossen und nie wieder angefasst. Lydia würde ihm den Hals umdrehen, wenn sie wüsste, dass er sie mitgenommen hat.

In einiger Entfernung haben sich auf einer Wiese mehrere Gruppen niedergelassen. Die meisten sind Frauen mit Kopftüchern. Sie haben Decken ausgebreitet. Aus Kunststoffschüsseln verteilen sie mitgebrachte Speisen, Kinder spielen ausgelassen und ein älterer

Mann mit langem, grauem Bart kocht auf einer Gasflamme Mokka, den er mit mehreren Löffeln Zucker süßt.

Salvatore muss mit sich selbst kämpfen. Am liebsten würde er sich jetzt eine Schachtel Zigaretten am Kiosk kaufen, aber er lässt es sein. Er hatte Aleyna vor Monaten versprochen das Rauchen aufzugeben. So nimmt er sich eine Flasche Bier. Sie ist eiskalt und er trinkt sie in einem einzigen Zug fast leer.

Als er zum Wagen zurückkommt, ist Lydia damit beschäftigt leere Coladosen und Abfälle zu entsorgen. Dann schüttelt sie noch eine Wolldecke kräftig aus. Edgar hat die Motorhaube geöffnet und prüft den Ölstand des Motors. Zufrieden lässt er dann die Haube wieder in ihre Verankerung einrasten.

„Besser wenn du mal ein Stück weiterfährst", sagt er zu Salvatore. „Ich kann nicht mehr." Dieser ist sofort einverstanden, denn er hatte es ihm schon mehrfach vorgeschlagen.

Lydia nimmt die Karte und setzt sich neben ihren Bruder. Edgar macht sich auf der Rückbank breit und fällt nach einigen Minuten in einen tiefen Schlaf. Lydia muss lächeln, als sie sein Schnarchen vernimmt.

Am Nachmittag erreichen sie die bulgarische Grenze vor Sofia und stehen an der Zollkontrolle. Edgar, der wieder von seinem Schlaf erwacht ist, streckt sich und gähnt laut. Wieder greift Lydia nach ihrer Brusttasche, in der sie die gesamten Reisepapiere trägt.

Die Station besteht aus einigen vergammelten Blechschuppen und rostigen Schlagbäumen Zollbeamte in altmodischen Uniformen kontrollieren missmutig die Pässe.

Einige Armeesoldaten lungern gelangweilt an ihren Fahrzeugen herum. Ein schwerfälliger Beamter mit unrasiertem Gesicht kommt auf sie zu. Salvatore riecht seine Alkoholfahne.

„Wohin wollen Sie fahren?", fragt er. „Nach Istanbul", gibt Salvatore wahrheitsgetreu zur Antwort und reicht ihm die Papiere, in denen sichtbar ein Zwanzig-Euroschein steckt. Gelangweilt zieht er diesen heraus und lässt ihn in seiner Hosentasche verschwinden.

„Haben Sie etwas zu verzollen, Rauschgift, oder Waffen?"

„Aber nein", sagt Salvatore in ruhigem Ton, sein Herz schlägt ihm jedoch bis zum Hals. Der Zöllner schiebt sich eine filterlose Zigarette in die Zahnlücken, grinst Salvatore noch einmal an und wünscht ihnen eine gute Fahrt.

Salvatore fällt ein Stein vom Herzen, als sie sich wieder auf der Landstraße befinden.

„Hätte der mich mit der Knarre erwischt, wäre hier unsere Reise zu Ende", denkt er, spricht es jedoch nicht aus.

Zügig geht die Fahrt an Sofia vorbei und sie kommen am späten Abend an die türkische

Grenze. Dank Salvatores Eurotrick wird auch sie problemlos passiert. Nach einigen Stunden auf der modernen Autobahn erreichen sie Istanbul und die große Brücke über den Bosporus.

Es ist Mitternacht und sie beschließen bei nächster Gelegenheit eine größere Pause einzulegen. Bei einer Tankstelle außerhalb der Großstadt finden sie ein Motel.

Salvatore gibt dem Parkplatzwärter ein paar Euro und sie mieten sich zwei Zimmer nebeneinander. Lydia nimmt ihre Reisetasche aus dem Wagen und geht auf das Zimmer, um zu duschen. Salvatore und Edgar wollen noch einen Drink in der Kneipe auf der anderen Seite der Straße nehmen.

Einige Männer sitzen hier bei einem Brettspiel zusammen. Mehrere Bündel Geldscheine liegen auf dem schweren Tisch. Es handelt sich aber um türkische Lira.

Salvatore ist der Meinung, dass der Einsatz nicht allzu hoch sein kann. Sie setzen sich an einen kleineren Tisch, als eine junge Frau mit weitem Ausschnitt die Bestellung aufnimmt. Sie spricht gutes Deutsch. Edgar bestellt für beide Kaffee, den sie dann auch nach kurzer Zeit serviert. Sie reicht noch ein kleines Tellerchen mit Gebäck, für Edgar eine Spur zu süß. „Eine türkische Spezialität", sagt sie und lächelt ihn an. „Wir stellen sie selbst her." Edgar lächelt zurück.

Interessiert fragt sie, ob ihre Fahrt noch lang sei, worauf Salvatore die Straßenkarte aus seiner Jackentasche holt und sie auf dem Tisch ausbreitet. Er zeigt ihr das Ziel ihrer Reise, das mit einem Bleistiftkreuz gekennzeichnet ist.

Sie ist erstaunt. „Da haben Sie ja noch allerhand vor sich", meint sie nachdenklich. „Ich kenne die Strecke. Ich stamme von dort. Hoffentlich haben Sie einen guten Schutzengel dabei." Sie nimmt sich einen Stuhl und setzt sich rücklings darauf, sodass ihre Arme auf der Lehne ruhen.

Neugierig sehen die Männer von ihrem Brettspiel auf und tuscheln. Sie benimmt sich sehr freizügig, für türkische Verhältnisse. „Nächste Woche will ich auch nach dort fahren."

„Da können Sie ja mitfahren", sagt Edgar im Scherz.

Salvatore sieht ihn kritisch von der Seite an, faltet die Karte zusammen und steckt sie zurück in die Tasche. „Sollen wir uns vielleicht jetzt noch mit einer Person belasten?", denkt er.

„Edgar hat es sicher nicht ernst gemeint."

Die junge Frau legt das Kinn auf ihre verschränkten Arme. „Ich könnte Ihnen hilfreich sein, denken Sie mal darüber nach. Nicht, dass ich mich aufdrängen will", sagt sie mit ernstem Gesicht. „Sie fahren in ein Land, das für Sie vollkommen fremd ist. Sie kennen wahrscheinlich nicht einmal die Sprache. Es ist nicht das gleiche, wie wenn sie von Stuttgart nach Milano fahren. Es gibt Landstriche, da gibt es nicht einmal Hinweisschilder und wenn, dann nicht in Ihrer Sprache. Die Bevölkerung ist dort einfach und freundlich. Viele teilen das letzte Brot mit einem Fremden, aber es gibt auch andere Menschen, die sie, ohne mit der Wimper zu zucken, betrügen und um das letzte Geld bringen."

Sie steht auf, geht zur Theke und holt sich dort eine Zigarette aus einer blauen Schachtel, zieht den Rauch tief ein und kommt nach einer Minute zurück an den Tisch. Auf einem Tablett steht eine Flasche Wasser und zwei Gläser gefüllt mit Raki. „Überlegen Sie es sich bis morgen", sagt sie noch einmal und geht weiter. Sie widmet sich nun den Brettspielern. Auf einem silbernen Tablett bringt sie Tee und Schalen, gefüllt mit Gebäck und Nüssen.

Ein kräftiger Mann mit Vollbart spricht ein paar Worte mit ihr, worauf sie sich angewidert abwendet. Die Männer in der Runde beginnen laut zu lachen. Sie verschwindet in der Küche.

Edgar und Salvatore trinken den Raki und denken sich ihren Teil. Sicher haben die Männer ihr keine Komplimente gemacht. Edgar nimmt seine Geldbörse und legt ein paar Euromünzen auf den Tisch. „Komm, lasst uns gehen", sagt er zu Salvatore.

Da erscheint Lydia in der Tür. Ihre Haare leuchten hell im Licht der Kneipe. Alle Augen richten sich auf sie. Hoch erhobenen Hauptes durchschreitet sie das Lokal. Die Augen verfolgen sie bis hin zu dem Tisch, an dem Salvatore und Edgar sitzen. Sie greift sich einen Stuhl und hängt ihre Handtasche über die Lehne. Als sie sich niederlässt, bemerkt sie: „Was ist los hier. Haben die Kerle noch nie eine Frau gesehen?" Und fährt sich mit ihren schlanken Fingern durch die kurzen, lockigen Haare. Salvatore grinst seine Schwester an: „Es kommt wahrscheinlich immer auf die Frau an, die hier herein kommt."
„Soll ich das nun als Kompliment oder negative Kritik sehen?"
Lydia gibt ihm einen leichten Klaps mit der flachen Hand auf den Hinterkopf, wobei er das Genick einzieht. Edgar muss lachen. Da erscheint die Bedienung wieder. „Guten Abend", sagt sie und sieht Lydia mit einem kurzen Blick an. „Möchten Sie noch etwas bestellen?", fragt sie höflich und mustert noch

einmal ihre roten Haare. Lydia hält ihrem Blick stand und überlegt kurz. „Hätten Sie wohl ein bayrisches Weißbier, dazu einen Schweinsbraten mit Kartoffelklößen und anschließend noch einen Obstler für meine Begleiter und mich?"

„Kein Problem", antwortet sie nach einer Sekunde. „Heute Morgen ist gerade eine Ladung Schlachtschweine eingetroffen, Kartoffelklöße sind sowieso unsere Spezialität und was das Weißbier betrifft, so schenken wir davon mindestens ein Fass pro Tag aus, den Obstler haben wir im Keller gelagert und wenn Sie möchten, kommen die freundlichen Herren vom Nachbartisch gerne an ihren Tisch zum Fingerhakeln."

Edgar hält den Mund offen und Salvatore fasst sich an den Kopf. Diese schlagfertige Antwort hätte keiner von ihr erwartet. Edgar sieht Lydia zum ersten Mal sprachlos. Sie hatte ihr total die Show gestohlen; das muss sie sich eingestehen. Diese Frau ist ihr sympathisch und sie setzt wieder ihr Lächeln auf.

„Ich heiße Lydia, der Italiener neben mir ist mein bester und einziger Bruder. Der Mann mit dem offenen Mund ist Edgar, mein allerbester Freund und wie heißt du?"

Wieder erwecken sie das Interesse der Männer am Nachbartisch, die jedoch nichts von dem Gespräch verstehen können. Neugierig sehen sie herüber und unterbrechen ihr Spiel für einen Augenblick.

Die junge Frau nimmt sich einen Stuhl und setzt sich neben Salvatore. „Ich heiße Jasmin, aber keiner nennt mich hier so. Alle sagen Jessy zu mir."

„Wollt ihr wirklich noch etwas essen", fragt sie mit einem Blick auf Lydia. „Eigentlich schon. Wir haben den ganzen Tag noch nichts Vernünftiges bekommen."

„Ich werde euch etwas Gutes bringen", sagt sie, erhebt sich und verschwindet in der Küche. „Sehr nett diese Jessy. Man sollte gar nicht denken, dass sie Türkin ist."

„Was haltet ihr davon, wenn wir sie tatsächlich mitnehmen?", sagt Edgar und sieht Salvatore von der Seite an. Der verzieht die Oberlippe. Das erweckt Lydias Interesse. Sie merkt, dass sie schon vorher darüber gesprochen haben. „Ja", beginnt Edgar. „Jessy hat uns vorgeschlagen, dass wir sie mitnehmen. Sie müsse in dieselbe Gegend zu ihren Eltern fahren und das könnte uns eigentlich auch hilfreich sein."

„Warum nicht", überlegt Lydia. „Wir brauchen schon jemanden, der das Land und die Sprache kennt."

Schließlich nehmen sie sich vor mit ihr darüber zu sprechen.

Nach einiger Zeit erscheint sie mit einem großen Tablett, beladen mit Salaten, Reis und Lammfleisch, dazu frisches Obst und jede Menge unbekannter Beilagen. Auf einem kleinen Silberteller liegt ein kleiner Zettel, auf dem steht: „Schweinebraten leider ausgegangen, bitte entschuldigen Sie die türkische Küche." Dabei grinst sie Lydia frech ins Gesicht.

„Kochen können sie, die Türken, das muss man sich eingestehen", bemerkt Edgar und nimmt den Duft von gebratenem Fleisch und die für ihn fremdländischen Gewürze tief mit seiner großen Nase auf. Dabei verschließt er genüsslich seine Augen. „Wäre der Anlass unsrer Reise nicht so traurig, könnte man denken, dass unser Urlaub hier gut anfängt."

Als er Salvatores nachdenkliches Gesicht sieht, wird er wieder in die Wirklichkeit zurückgerufen. Nach einer Weile kommt Jessy wieder an ihren Tisch und fragt, ob sie noch etwas bringen könnte. „Danke, alles bestens", sagt Edgar und legt einen Lammknochen zur Seite.

Jessy geht zum Nachbartisch und bringt den Leuten die Rechnung. Der Dicke mit dem Bart wirft ihr überheblich ein paar Scheine auf die rustikale Holzplatte, ohne sie anzusehen. Sie nimmt das Geld und bedankt sich höflich, aber zurückhaltend mit einem Kopfnicken. Die Männer erheben sich und schieben ihre

Stühle lautstark auf dem Boden zurück. Einer nach dem anderen verschwindet nun ohne Gruß durch die Eingangstüre.

Lydia schüttelt den Kopf und sagt in leisem Ton: „Diesen Proleten würde ich Benehmen beibringen." Edgar muss ihr Recht geben. Allzu oft hatte er schon erlebt, wie sie unfreundliche Kunden zurechtgewiesen hatte, sie dann mit einem bezaubernden Lächeln entwaffnete, sodass sie am Schluss sogar noch manchmal ein Trinkgeld gaben, wenn sie das Cafe verließen.

Jessy hat es sicher nicht leicht hier, in einer von Männern beherrschten Gesellschaft. So wie viele andere Frauen, die sich hier ihr Recht und ihre Eigenständigkeit ersehnen. Obwohl Männer und Frauen vor dem türkischen Gesetz gleich gestellt sind, werden die Frauen in einigen Kreisen immer noch als zweitklassig angesehen, so wie bei uns vor zweihundert Jahren.

„Wollt ihr noch eine Nachspeise", fragt Jessy, als sie beginnt die Teller abzuräumen, aber alle lehnen dankend ab.

„Darf ich mich noch einen Moment zu euch setzen?", fragt sie. Salvatore wäre zwar lieber schlafen gegangen, aber er sagt: „Na klar, komm doch und setze dich." Lydia rückt ein wenig auf die Seite und bietet ihr den Stuhl an ihrer linken Seite an. Erschöpft lässt sie sich nieder und Lydia legt ihr freundschaftlich den Arm auf die Schulter.

Sie kennt diese Frau erst seit knapp einer Stunde, aber sie empfindet schon jetzt eine starke Zuneigung für sie.

Als sie Lydias Hand spürt läuft ihr eine Träne über die Wange. „Bitte nehmt mich mit", fleht sie Lydia an. „Ich muss weg hier." Ihre Stimme ist kaum zu hören und ihr Blick ist auf die Eingangstür gerichtet. Sicher sollte niemand etwas von ihrem Gespräch mitbekommen. „Ich kann Ihnen die Fahrt bezahlen, wenn Sie wollen."

„Komm morgen um acht Uhr an den Wagen, wir nehmen dich dann mit", sagt Lydia bestimmt. Sie merkt, dass Jessy nicht frei reden kann. Nun schaut auch noch der Koch durch die Küchentür. Sie lächelt ein wenig und flüstert Lydia zu: „Ich danke dir und werde pünktlich sein. Ich warte aber am Ortsausgang, dort ist ein alter Friedhof. Bitte holt mich dort ab."

Man sieht ihr die Verzweiflung an. Zitternd steckt sie sich noch eine Zigarette an. In ihrem Gesicht kann man die Spuren einer bewegten Vergangenheit und Angst erkennen.

Die Uhr an der Wand zeigt zehn vor zwei.

„Darf ich euch jetzt die Rechnung bringen, oder habt ihr noch einen Wunsch?", fragt sie verlegen. „Der Koch will jetzt Feierabend machen." „Klar", sagt Edgar. „Wir wollen morgen ja auch wieder früh losfahren." Während sie das Lokal verlassen, wirft Jessy Lydia noch einen flehenden Blick zu und diese winkt ihr unauffällig mit der Hand zurück. Jessy spricht noch einige Worte mit dem Koch und entfernt sich dann schnell. Edgar geht noch einmal zum Parkplatz, um nach seinem Wagen zu sehen. Der Parkwächter ist sofort zur Stelle, darum gibt er ihm noch einen Schein für seine Aufmerksamkeit. Als er zum Gebäude zurückkommt, löscht Lydia gerade das Licht in ihrem Zimmer. Auch Salvatore hat sich schon niedergelegt, als er das Zimmer betritt. Er will jetzt kein Gespräch mehr mit ihm beginnen, obwohl es schon einiges durch ihre neue Lage zu bereden gäbe.

Am Morgen werden sie durch Lydias Klopfen an der Tür geweckt. Edgar öffnet. Sie steht reisefertig vor ihm.
„Was ist los, ihr Schlafmützen?" schimpft sie. „Wir haben heute noch etwas vor. Macht euch endlich fertig. Ich habe die Zimmer schon bezahlt und Proviant besorgt."
Salvatore wird nach dieser kurzen Nacht wieder in die raue Wirklichkeit zurückgerufen, er reibt sich den Schlaf aus den Augen und braucht einige Minuten in die Gegenwart zurückzufinden. Er angelt sich eine Zigarette

aus der zerknüllten Schachtel. Es ist die letzte. Als er sie anstecken will, bemerkt er, dass sie zerbrochen ist. Wütend wirft er sie in die Ecke und wendet sich dem Waschbecken zu. Er hat sowieso ein schlechtes Gewissen, denn er hatte Aleyna ja versprochen, nicht mehr zu rauchen.

Lydia räumt das Gepäck in den Wagen und nach zwanzig Minuten sind alle zum Abfahren bereit.

Es ist schon sehr warm an diesem Morgen. Die Luft scheint zu stehen. Sie fahren zum Ausgang des Ortes und halten Ausschau nach dem alten Friedhof. Schließlich sehen sie Jessy bei einer Hecke neben einer verfallenen Mauer aufgeregt winken.

Edgar biegt ab auf den Seitenstreifen. Schottersteine spritzen durch den Druck der Reifen zur Seite und verbreiten eine Staubwolke.

Jessy springt die wenigen Meter zum Fahrzeug. Ihr spärliches Gepäck besteht nur aus einer ausgewaschenen Reisetasche, die sie fest unterm Arm hält, so als hätte sie etwas Wertvolles darin.

„Danke, dass ihr mich mitnehmt", sagt sie glücklich und Lydia öffnet ihr eine der hinteren Türen. Sie schiebt die Tasche hinein und steigt hinterher. Mit einem Blick in den Rückspiegel mustert Edgar sie. „Was hast du denn mit deinem Auge gemacht?", fragt er. Es ist blutunterlaufen und an ihrer Nase klebt noch angetrocknetes Blut. Auch ihre untere Lippe ist angeschwollen und sie versucht sie mit der Hand zu verbergen. „Ich erzähle euch alles später, aber fahrt gleich los!" Ängstlich sieht sie durch die Rückscheibe.

Ihre Hand zittert und man bemerkt ihre Panik. Edgar gibt Gas und einige Steine fliegen gegen die Radkästen. Die Geräusche lassen nach, als sie wieder auf dem Asphalt fahren. Jessy hat ihren Kopf auf die Reisetasche gelegt. Man merkt, dass sie auf der Flucht ist. Schweigend fahren sie einige Kilometer, dann beginnt sie zögernd zu sprechen:

„Ich verstehe, dass ihr jetzt eine Erklärung von mir haben wollt." Sie macht eine lange Pause. Lydia nimmt einige Taschentücher aus der Ablage und reicht sie ihr. Sie bedeckt damit vorsichtig ihr verletztes Auge.

„Es ist eine lange Geschichte."

„Fang ruhig an, wir haben auch noch eine lange Reise vor uns", sagt Salvatore, ohne sich umzudrehen. Hoffentlich war es wirklich eine so gute Idee, sie mitzunehmen?, denkt er. Als wenn wir nicht selbst schon genug Probleme hätten. Seine Gedanken sind wieder bei Aleyna. Wer weiß, was dieser Verbrecher ihr nicht schon alles angetan hat. Ob wir sie wirklich finden?

„Ja, es begann damit, dass ich mit meinem Mann, der auch Türke ist, eine Urlaubsreise in die Heimat machte. Wir lebten zuvor schon seit acht Jahren in Mannheim. Mein Mann hatte Arbeit in einer großen Montagefirma und ich hatte eine Stelle in einem Kindergarten gefunden. Schnell lernte ich die Sprache und hatte auch bald einige Freunde gefunden. Achmed wollte jedoch lieber bald zurück in die Heimat. Ihm missfiel meine Selbstständigkeit und es gab deshalb ständig Streit. Als wir dann im Dorf bei seinen Eltern waren, zeigte er sein wahres Gesicht. Er hatte die Scheidung schon lange vorbereitet. Ich war wie vor den Kopf gestoßen, als ich es erfuhr. Er stellte mich einfach vor diese Tatsache und es gab keine Alternative für mich. Die Verhandlung war ein Witz. Das Gericht stand zweifelsfrei auf seiner Seite, sodass ich nicht die kleinste Chance hatte, irgendeine finanzielle Unterstützung zu bekommen. Er hatte mir alles weggenommen, die Sparbücher, den Schmuck und alles, was mir etwas bedeutete. Wäre ich in Deutschland geblieben, die Sache wäre für mich nicht so schlecht ausgegangen. Seine Eltern hatten auch kein Mitleid mit mir, denn sie verstießen mich aus ihrem Haus, sodass ich völlig mittellos dastand. Ich hatte nicht einmal das Geld für die Rückreise. So schlug ich mich mit Gelegenheitsarbeiten durch. Dann geriet ich schließlich an diesen Kneipenbesitzer, der mir diese Stelle als Bedienung anbot. Am Anfang war ich ja zufrieden, denn ich verdiente ganz gut. Schließlich wollte er aber mehr. An einem Abend, nachdem ich Feierabend gemacht hatte, stand er vor meiner Kammer. Er hatte Raki getrunken und wurde zudringlich. Ich bat ihn zu gehen, aber seine Hände waren überall. Ich wehrte mich mit aller Kraft, was ihn aber noch mehr reizte. Er riss mir die Bluse vom Leib und warf mich auf mein Bett. Verzweifelt biss und kratzte ich wie eine Wildkatze, aber er schlug mich schließlich brutal nieder und vergewaltigte mich. Als er dann von mir abließ, lag ich noch stundenlang auf der Matratze. Schlimmer als meine Schmerzen war die Erniedrigung, die dieses Schwein mir angetan hatte. Schließlich schleppte ich mich in die Dusche und ließ den heißen Strahl über meine Körper rinnen, bis das Wasser langsam erkaltete. Mühsam schleppte ich mich dann zurück, riss die Bettwäsche herunter und warf sie in eine Ecke.

Oh, wie ich diesen Mann hasste. Ich wickelte mich dann in eine Wolldecke und schlief nach Stunden erschöpft ein. Als ich am Tag darauf mit meiner Reisetasche in der Hand die Gaststube betrat, saß er mitten im Raum. Sein Gesicht war zerkratzt. Ich hatte mich mit allem gewehrt, was mir als Frau zur Verfügung stand. Hätte ich ihm nur die Augen ausgekratzt!"

Sie macht eine kurze Pause. „Darf ich eine Zigarette rauchen?" Salvatore reicht ihr eine aus der neuen Schachtel und steckt sie an. „Danke", sagt sie kaum hörbar und fährt fort. „Als er mich sah, schniefte er in seiner widerlichen Art und setzte ein hässliches Grinsen auf, sodass man die Reihe seiner Goldzähne sehen konnte."

„Hallo, mein Täubchen, hat es dir Spaß gemacht heute Nacht?", sagte er und zwinkerte mit einem Auge. „Ich sah ihn an wie im Rausch und wollte ihn am liebsten umbringen. Ich ergriff den nächsten Stuhl, hob ihn hoch über den Kopf und wollte ihn nach ihm werfen, aber er war schneller. Er fasste meine Arme und hielt mich fest. Der Stuhl fiel krachend auf die Erde und zerbrach. Voller Wut spukte ich ihm mitten ins Gesicht und die Spuke rann ihm über seine Bartstoppeln. Mit aufgerissenen Augen sah er mich an, holte aus und schlug mich nieder, so wie schon einmal in der Nacht zuvor. Als ich wieder zu mir kam, lag ich in der Küche, auf einem Zwiebelsack. Der Koch kniete vor mir. Er hatte eine Schüssel Wasser und kühlte mir mit einem Schwamm das Gesicht. Ich erschrak, aber er legte mir beruhigend die Hand auf die

Schulter. „Keine Angst, ich tue dir nichts" und er legte mir ein Kissen unter den Kopf. „Was hat er mit dir gemacht?", fragte er und zog die Tür zu. Ich konnte ihm nicht antworten und heulte wie ein Kind. Der Koch hatte verstanden. Er kannte seinen Chef und wusste, wie brutal er Frauen gegenüber war.

Da stand er plötzlich wieder vor uns. „Was hat sie denn?", fragte er scheinheilig. „War die Arbeit zu schwer für sie geworden?"

Der Koch warf ihm einen bösen Blick zu und der Wirt verschwand wieder durch die Tür. Ich bat den Mann mich auf mein Zimmer zu bringen. Er führte mich dann vorsichtig die Treppe hinauf. Mit ernster Miene ging er dann wieder hinunter. Nach einer Weile hörte ich lautes Geschrei. Die beiden Männer waren heftig in Streit geraden. Töpfe flogen und Geschirr wurde zerschlagen. Die beiden prügelten sich in der Gaststube. Ich hörte den Koch brüllen: „Dir werde ich es zeigen, wie es ist, wenn man geschlagen wird." Wieder hörte ich das jämmerliche Heulen des Wirtes. Ich schleppte mich zur Tür und sah von oben, wie der Koch ihn erbarmungslos verprügelte. „Du Bastard wirst noch unsere ganze Familie in Verruf bringen", schrie er ihn an und wieder flogen die Fäuste. Als er schließlich von ihm abließ, hörte ich den Wirt winseln: „Glaubst du dieser Hure etwa mehr als mir. Sie hat mir doch das Geld aus der Kasse gestohlen. Ich musste sie bestrafen." Als ich das hörte, wäre ich am liebsten hinunter gerannt und hätte ihm ein Messer in seinen massigen Leib gestoßen. In diesem Moment schwor ich mir: Niemals wieder würde mir ein Mann so etwas antun.

Mit Genugtuung sah ich schließlich den Wirt, gleich einem geprügelten Hund aus seinem eigenen Lokal rennen. Er hatte die Hand zur Faust geballt. „Ich komme wieder, aber mit der Polizei", drohte er aus einiger Entfernung und verschwand. Kurz darauf kam der Koch noch einmal zu mir. Ich legte ihm einen Verband um seine blutende Hand.

„Hab` keine Angst, ich bleibe heute Nacht hier im Haus."

Ich war beruhigt, folgte ihm in die Küche und half ihm bei der Arbeit. Schnell war die Küche wieder aufgeräumt und das Blut vom Boden gewischt. „Ich weiß nicht, was er dir alles angetan hat, aber ich denke, es ist besser, du gehst", sagte er zu mir.

„Ich kann dich nicht immer beschützen. Wenn er mit der Polizei kommt, wird man ihm sowieso mehr glauben als dir, er hat bei denen gute Freunde, die schon mal umsonst zum Essen kommen und noch so manche anderen Vorteile von ihm haben. Du weißt ja, bei denen wäscht eine Hand die andere."

Ich verstand und ging auf das Zimmer um meine Sachen zu packen. Dann sah ich, dass der seitliche Reißverschluss meiner Reisetasche offen stand. Mir wurde heiß, er hatte meine Papiere gestohlen. Ich durchsuchte alles, aber sie waren weg. Er musste sie in der Nacht an sich genommen haben. Wie sollte ich jemals wieder nach Deutschland kommen? Es war doch alles, was ich besaß, in dieser Mappe; alle Reisepapiere bis hin zur Aufenthaltsgenehmigung. Könnt ihr euch vorstellen, wie ich mich fühlte?" Ihre geschwollenen Augen füllen sich wieder mit Tränen. Lydia nimmt sie in den Arm und sie fahren schweigend durch die karge Landschaft. Nach zwei Stunden erreichen sie die Stadt Adapzan auf dem Weg nach Bolu und nach weiteren zwei Stunden kommen sie an eine große Kreuzung, an der es südlich nach Ankara geht. Sie fahren jedoch weiter nach Osten in Richtung Ilgaz durch eine fruchtbare Flussebene.

Edgar gefällt diese wilde, schöne Landschaft weit ab von westlicher Zivilisation, aber er darf nicht den Grund der Reise vergessen. Kaum begegnet ihnen ein Auto. Meistens sind es nur Ziegen oder Schafsherden, die mit ihren langen Zotteln die Straße in Beschlag nehmen.

Man glaubt, dass die Zeit hier vor zweihundert Jahren stehen geblieben ist.

Dann erreichen sie am Fuße eines gewaltigen Gebirgsmassivs eine kleine Ortschaft mit unaussprechlichem Namen. In ihrer Mitte steht eine Moschee mit zwei schlanken Minaretttürmchen.

Jessy bittet Edgar kurz anzuhalten. Sie will einige Sachen zum Essen besorgen. Edgar lenkt den Wagen an einen schattigen Platz. Zwei riesige Platanen überdachen eine muntere Quelle, die über und über mit Wasserpflanzen und Moos bewachsen ist. Sie wird von Schwärmen bunter Schmetterlinge und anderer Insekten bevölkert.

Jessy legt sich ein Kopftuch über die Haare und geht den steinigen Weg zu den kleinen Häusern. Am Brunnen spricht sie mit einigen Frauen und folgt ihnen in die Siedlung. Edgar und Lydia erfrischen sich inzwischen am kühlen Nass der Quelle. Nach und nach sind zu diesem Ereignis einige Kinder eingetroffen. Sie umscharen den Wagen und schauen neugierig durch die verstaubten Scheiben. Lydia nimmt einige Süßigkeiten aus dem Korb und hat daraufhin gleich ihre Freundschaft gewonnen.

Einer der Jungen spricht ein paar Worte Deutsch und bittet sie mitzukommen.

Lydia sieht Edgar fragend an und sie folgen ihm zögernd zu einem kleinen Steinhaus, das mit Pflanzen überwachsen ist. Es liegt im

Schatten der Platanen und sie spüren die angenehme Kühle der nahen Quelle. Der Junge nimmt Lydia an die Hand und führt sie an einen steinernen Tisch, an dem sich zwei hölzerne Bänke befinden. Er bittet die beiden sich zu setzen. Dann klopft er an die schiefe Tür des Hauses. Kurz darauf erscheint ein weißhaariger, alter Mann. Er stützt sich auf eine kunstvoll geschnitzte Krücke. Schützend hält er seine Hand gegen die Sonne vor das Gesicht. Der Junge verbeugt sich ehrfürchtig vor dem Alten, der sich den Besuchern auf der Bank nähert. Lydia und Edgar erheben sich und nicken ihm freundlich zu. Der Mann setzt sich mit einem Seufzer zu ihnen. Sein langes Haar liegt ihm auf den Schultern. Er trägt eine braune Kutte, die mit einem groben Strick zusammen gehalten wird. Auf seiner Brust trägt er ein silbernes Kreuz, mit der Aufschrift: INRI

„Grüß Gott", sagt er nach einer Pause und reicht den beiden seine Hand. „Ich bin überrascht, hier einen Ordensmann anzutreffen", sagt Edgar und ist verblüfft über seinen kräftigen Händedruck.

„Herzlich willkommen in meinem Paradies", sagt er und breitet seine Arme aus. Der Junge kommt mit einem Krug, stellt einige Keramikbecher auf die steinerne Tischplatte und schenkt den Freunden ein. Der alte Mann mustert ihn zufrieden und bedankt sich mit einem Nicken. Auch der Junge nickt mit dem Kopf und entfernt sich. Er setzt sich auf einen Stein und beginnt auf seiner Mundharmonika zu spielen. Lydia schaut eine Weile nach ihm. Die Melodie gefällt ihr. Sie erinnert sie an ihre Jugend. Ramon konnte auch spielen. Oft saß sie mit ihm zusammen am Meer und sie träumten von einer gemeinsamen Zukunft.

Edgar nimmt ihre Hand und sie befindet sich danach wieder in der Gegenwart. Sie lächelt und reicht ihm auch die andere Hand, die er dann eine Weile lang hält.

„Der Junge ist meine ganze Freude", sagt der alte Mann „Er kommt schon seit zwei Jahren jeden Tag zu mir. Ich wüsste gar nicht, was ich ohne ihn anfangen sollte."

„Leben sie schon lange hier in der Türkei?", fragt Edgar. „Ja, schon seit über zwanzig Jahren. Ich wohnte früher in Augsburg." Er denkt eine Weile nach und fährt fort. „Ich hatte dort eine kleine Fabrik für Autoteile." Er legt seinen Stock zur Seite und beginnt seine Geschichte zu erzählen.

„Die Firma lief sehr gut. Ich wurde in kurzer Zeit erschreckend wohlhabend, konnte mir bald alles leisten: tolle Autos und eine Villa, die ich mit meiner Frau und den Zwillingen bewohnte. Meine Geschäfte ließen es aber nur selten zu, dass ich mich um die Familie kümmerte. Heike genügte sicher nicht allein das viele Geld. Sie verließ mich schließlich mit den Töchtern. Ich hatte sie an einen französischen Musiklehrer verloren. Er gab den Kindern Klavierunterricht. Irgendwann bemerkte ich, dass sie sich in ihn verliebt hatte."

„Warum erzählt er uns das alles?" denkt Lydia und sieht nach Edgar. Der hebt kurz die Schulter und sie hören sich weiter die Geschichte des Mannes an.

„Probieren sie den Wein, ich habe ihn letztes Jahr selbst gekeltert, er stammt von dem Weinberg hinter meinem Haus."

Der rote Wein ist süß und schwer. Lydia bemerkt es. Er geht auch schnell ins Blut. Erneut beginnt der Alte zu erzählen.

„Man kann sich den Ausgang schon denken", sagt sich Edgar, „Er hat alles hingeworfen, die Firma pleite und er auf der Straße. Dann ist er ins Kloster gegangen."

Edgar will sich erheben, um einige Schritte zu gehen, aber Lydia hält ihn an der Hand, sodass er die Geschichte weiter verfolgen muss.

„Nach meiner Scheidung veränderte sich mein Leben vollkommen. Nicht mehr die Firma stand für mich im Vordergrund. Im Gegenteil, ich überließ immer mehr Entscheidungen meinen Mitarbeitern und merkte, dass der Laden auch ohne meine ständige Anwesenheit gut lief. Die Zwillinge fehlten mir sehr. Heike kam nur selten mit ihnen zu Besuch. Dann meistens nur wegen neuer Geldforderungen, obwohl ich sie nach der Scheidung mehr als großzügig abgefunden hatte. Der Kinder wegen gab ich jedoch in den meisten Fällen nach. Meine Nächte verbrachte ich nun immer mehr auf Partys und buchte Urlaubsreisen in ferne Länder. So versuchte ich mein früheres Leben zu verdrängen. Alkohol, Frauen und Drogen hätten mich leicht an meine Grenzen gebracht, aber ich konnte mich wieder fangen. Ich hatte neue Interessensgebiete gefunden. Zu ihnen gehörten Theater, Musik und Malerei. Ich fand bald neue Freunde und mein Leben bewegte sich wieder in ruhigeren Bahnen."

Interessiert hört Lydia den Worten des alten Mannes zu und hält dabei Edgars Hand.

„Eines Abends nach einem Konzert besuchte ich mit meinen Freunden noch eine Kunstausstellung der albanischen Malerin Verena Emakova. Als wir die Räume betraten, begrüßte uns eine zierliche, schwarzhaarige Person mit Pagenfrisur. Sie hatte ein schulterfreies, dunkles Kleid an, das bis zum Boden reichte.

Ihre Gemälde waren großflächige Landschaftsbilder aus ihrer Heimat. Mir gefiel ihre selbstbewusste Art, wie sie sich trotz ihrer wenigen Deutschkenntnisse verständigen konnte.

Albert, einer meiner Freunde, überredete mich an diesem Abend, eines ihrer Bilder für mein Haus zu kaufen.

Es gefiel mir sehr und sie versprach mir, es am nächsten Tag zu liefern.

Als sie am nächsten Morgen mit dem Kleintransporter in meine Einfahrt gefahren kam, merkte ich, dass sie mir mehr bedeutete, als eine flüchtige Bekanntschaft. Wir sahen uns von nun an fast täglich in ihrem Atelier. Sie malte in einer ehemaligen Schlosserwerkstatt mit hellem Glasdach. Ich schenkte ihr einen großen gusseisernen Kaminofen für den Winter, sodass sie jetzt das ganze Jahr über arbeiten konnte.

Stundenlang sah ich ihr bei der Arbeit zu, wie sie Leinwände aufspannte, skizzierte und dann die Farben mit leichter Hand auftrug, als wäre es das Einfachste auf der Welt.

Allmählich spürte ich, wie alle Sorgen von mir abfielen, wenn ich mit dieser Frau zusammen war. Selten war ich noch in der Firma, die scheinbar von selbst lief. Ich verkaufte einen großen Anteil und hatte nun ein gewaltiges finanzielles Polster zur Verfügung. Daraufhin erfüllte ich mir einen Jugendtraum und kaufte eine weiße Segeljacht mit feinem

Mahagoniausbau. Schon seit meiner Jugend wollte ich die sieben Meere befahren.

Verena und ich lebten fast zwei Jahre auf diesem Boot und durchkreuzten damit das Mittelmeer, später die Ägäis entlang der türkischen Westküste und weiter bis nach Afrika, wo wir eine Zeit lang bei den Einheimischen lebten.

Verena liebte die Kinder, mit denen sie oft stundenlang herumtollte. Oft waren die schwarzen Gestalten auf ihren sonnendurchfluteten Bildern wieder zuerkennen. Schließlich kleidete sie sich auch wie die Frauen des Dorfes in bunte Tücher und mischte sich wie selbstverständlich unter die Bevölkerung.

Sie sprach mit den Leuten in einem lautstarken Gemisch aus französisch und afrikanischen Dialekten, die sie mit wilden Gesten bekräftigte.

Ich konnte ihr mit Begeisterung zusehen, wenn sie auf dem Markt feilschte, die Händler zur Verzweiflung brachte, um dann die Ware im Dorf wieder unter den Leuten zu verteilen."

Der alte Mann schließt seine Augen und nach einer Weile sagt er: „Warum hat mir Gott nur dieses himmlische Geschöpf geschenkt und dann so schnell wieder genommen?"

Schwerfällig stützt er sich auf seinen gewunden Stab. „Beim Baden im Meer erlitt sie eine leichte Verletzung am Bein und bekam eine Infektion, die nicht mehr heilen wollte. Obwohl ich mit ihr so schnell wie möglich nach Europa flog, konnte sie nicht mehr gerettet werden. Sie hatte hohes Fieber und ich hielt bis zuletzt ihre Hand. Als sie starb, hatte sie noch einen Satz auf den Lippen, aber ich konnte sie nicht mehr verstehen. Mit der Hand schloss ich ihre Augen, die mich noch immer ansahen."

Lydia hat Mitleid mit dem Mann, der jetzt schweigend in die Ferne sieht, dann aber fortfährt. „Mit Verenas Tod schwand mein ganzer Lebensmut. Ich verkaufte die Jacht, überschrieb den Töchtern den Rest meines Vermögens und buchte einen Flug nach Albanien in Verenas Heimat. Dort überbrachte ich ihrer Familie die traurige Nachricht und lebte einige Zeit bei den einfachen Leuten. Immer mehr entfernte ich mich vom westlichen Leben.

Ich sah keinen Sinn mehr in der alten Tradition. So kam ich dann eines Tages als Mönch hierher nach Anatolien und als Einsiedler in dieses Tal.

Edgar erhebt seinen Blick, er ist beeindruckt. Er sieht auf seine Armbanduhr und denkt: „Eine ganze Lebensgeschichte, erzählt an fremde Menschen und das in zwanzig Minuten. Was soll er davon halten?" Er blickte

94

Lydia fragend an. Der Alte erhebt sich und sieht Edgar wiederum tief in die Augen.

„Ich hoffe, dass ich Sie nicht zu lange mit meiner traurigen Geschichte aufgehalten habe, denn Sie haben noch eine lange Reise vor sich. Gott wird Ihre Wege leiten."

Der Mann dreht sich um und geht schwankend zu seinem Haus. Die beiden sehen sich betroffen an.

„Habe ich etwas Falsches gesagt?", fragt Edgar. „Aber nein, du hast doch gar nicht gesprochen."

„Ich sage dir, Lydia, der Alte hat von Anfang an meine Gedanken gelesen. Ich habe es gespürt, seit ich hier bin." Lydia nimmt ihn am Arm und grinst. „Jetzt spinnst du aber wirklich, komm, wir müssen gehen, Jessy und Salvatore warten bestimmt schon."

Sie gehen den Weg zurück, vorbei an der Quelle. Da kommt ihnen der Junge entgegen. Er hat einen Feldblumenstrauß in der Hand und reicht ihn Lydia. „Ich möchte Ihnen dafür danken, dass Sie den heiligen Mann besucht haben."

Lydia ist gerührt über dem Blumenstrauß, den ihr der kleine Kavalier gibt und darüber, wie er den alten Mann verehrt.

Er reicht den beiden seine Hand. „Seit einem Jahr sind sie die ersten Menschen, mit denen er gesprochen hat, ich bin sehr froh darüber, dass der heilige Mann seine Stimme wieder gefunden hat." Er nickt den Beiden zu und verabschiedet sich mit einem Lächeln.

Lydia nimmt Edgars Hand und drückt sie fest, während sie zum Wagen gehen. „Die Begegnung mit dem alten Mann hat dich sicher sehr beeindruckt", sagt sie. „Ja, schon, aber wir sollten die Sache nicht überbewerten." Er legt den Arm um ihre Schulter und Lydia weiß, dass ihm diese Stunde noch länger nachzudenken gibt, als er zugeben möchte.

 Auf halbem Weg kommt ihnen Jessy entgegen. Ihr Auge hat inzwischen alle Farben angenommen, aber sie versucht es nicht mehr zu verbergen. „Wo bleibt ihr so lange?", fragt sie und sieht hinüber zu Salvatore, der nervös am Fahrzeug lehnt.

„Wart ihr bei dem heiligen Mann?"

„Ja, kennst du ihn auch?"

„Man spricht viel über ihn hier in dieser Gegend. Man sagt, er hätte schon einmal ein Mädchen, das von einer Schlange gebissen wurde, vor dem sicheren Tod gerettet. Er kennt sich mit allerlei natürlichen Heilmethoden und Kräutern aus. Die Leute verehren ihn, obwohl er nach christlichen Gesetzen lebt und nach ihrem Empfinden ein sehr eigenwilliges Leben führt."

Als sie zum Wagen zurückkommen, hat Salvatore die Straßenkarte über der Kühlerhaube aufgeschlagen. Sie überlegen, welche Strecke sie am besten fahren sollten.

Jessy zeigt ihnen auf der Karte, wo sich die nächste Tankstelle befindet und in welchem Ort sie am besten übernachten könnten.

Die Fahrt geht von nun an durch karge Berge und nur selten durchfahren sie eine kleine Siedlung. Am Wegesrand stehen zahlreiche bunte Holzkisten mit Bienenvölkern. Jessy sagt ihnen, dass es hier den besten Honig des Landes zu kaufen gibt. Bei dieser Gelegenheit greift sie nach dem Weidenkorb, den sie beim letzen Aufenthalt mitgebracht hatte. Sie holt allerlei frisches Gebäck hervor, das sie bei den Leuten im Dorf kaufte. Man riecht den süßen Honig und Gewürze, wie Anis, Koriander und Rosmarin.

Nach einer Weile beginnt Jessy wieder mit ihrer Geschichte, die sie vor ein paar Stunden unterbrochen hatte. Sie beginnt damit, dass ihr die Papiere gestohlen wurden und wie verzweifelt sie danach war.

„Noch einmal sprach ich den Koch an, ob er mir helfen könnte, mir meine Sachen wieder zu beschaffen und er versprach mir nach einer Gelegenheit zu suchen, mich aus meiner verzweifelten Lage zu befreien.

Die folgenden Wochen waren für mich eine Tortour, ständig verfolgte mich der Chef, sprach Drohungen aus, machte mich schlecht bei den Gästen. Er kam aber nie näher als zwei Meter. Das war dem Koch zu verdanken, der ständig ein schützendes Auge auf mich hatte. Wann immer er wie zufällig sein Messer wetzte, schreckte der Wirt zusammen und entfernte sich zähneknirschend.

Schließlich erkannte ich eine Chance. An diesem Morgen fuhr der Chef mit seinem Wagen nach Istanbul, um einen neuen Kühlschrank zu kaufen. Der alte hatte den Geist aufgegeben. Er hatte schon allerlei Spezialisten befragt, die ihn eventuell reparieren könnten. Keiner hatte jedoch ernsthaft Interesse daran ihm zu helfen, da sie ihn kannten und wussten, dass er ihnen doch nichts dafür bezahlt.

Er ist sicher vierundzwanzig Stunden unterwegs, dachte ich mir und begann seine Wohnung zu durchsuchen.

Ich öffnete zunächst einen Schrank in seinem Wohnzimmer. Mir zitterten die Hände. Noch nie hatte ich so etwas getan. Meine Finger glitten über Ordner und Formulare.

Er hatte Ordnung in seinen Papieren, das musste ich zugeben, obwohl ich es ihm nicht zutraute. In einem Fach sah ich Fotos von Kindern und einer hübschen Frau. Ich wunderte mich. Ob er schon einmal verheiratet war? Aber was interessierte mich das, ich suchte nach etwas Anderem, das viel wichtiger für mich war. Systematisch ging ich alle Schränke und Schubladen durch und versuchte so wenige Spuren wie möglich zu hinterlassen.

Dann fing ich an, seine Kleider zu durchsuchen.

Ich ekelte mich vor dem penetranten Geruch nach Nikotin und Schweiß, aber ich durfte keine Panik bekommen und musste kühl überlegen, wo dieses Schwein meine Papiere versteckt hatte. Vielleicht hatte er sie ja auch mitgenommen und ich suchte vergebens? Was würde sein, wenn er bemerkte, dass ich hier gewesen war?

Verzweifelt durchsuchte ich noch seine alten Arbeitsklamotten, die er im Flur über einen Stuhl geworfen hatte und wurde endlich fündig.

In seiner Jackentasche befand sich der Umschlag mit all meinen Papieren und der Brief mit den Fotos. Sogar das Bündel Geld, das ich von meinem letzten Lohn übrig behalten hatte, war dabei. Ich war unheimlich erleichtert und dankte Allah und allen, die mir heilig waren.

Sorgfältig beseitigte ich alle meine Spuren. Ich verließ die Wohnung und fühlte, wie ich wieder sicherer und ruhiger wurde. Was hatte ich denn getan? Ich hatte doch nur mein Ei-

gentum, das man mir gestohlen hatte, zurück-
geholt! Wie ein Dieb schlich ich mich dann in
mein Zimmer. Meine Sachen verwahrte ich
unter einer Fußbodenplatte und hoffte, dass
dieses Versteck noch keiner kannte.

Nach der zweiten Zigarette waren meine Nerven so weit beruhigt, dass ich in den
Gastraum gehen konnte, um meine Arbeit
wieder aufzunehmen.

Der Koch holte mich gleich in seine Küche.
Er hatte eine große Menge Geschirr zu spülen,
und nach einer Weile setzte er sich an meine
Seite. Er hatte sein langes, scharfes Messer in
der Hand und schälte Zwiebeln. Seine Augen
funkelten und sein schwarzer Bart ließ ihn
bedrohlich aussehen.

„Du warst in seiner Wohnung?", sagte er ohne
Umschweife. Ich erschrak und wollte mich
rechtfertigen, aber er hielt seine große Hand
vor meinen Mund. „Beruhige dich, Yasmina!"
Es klang beinahe zärtlich, als er das sagte.
„Ich habe nichts gesehen und wir arbeiten
jetzt ganz normal weiter, so wie an jedem
Tag, als wenn nichts geschehen wäre. Ich
wollte mich bedanken, aber er ging ohne
Kommentar wieder zu seinen Töpfen und
Pfannen.

Dann erschient ihr an diesem Abend und ich
musste die Gelegenheit nutzen von dort weg-
zukommen. Ich weiß nicht, wie ich euch je-

mals danken kann, dass ihr mich aus meiner Lage befreit habt. Nachdem ihr dann das Lokal verlassen hattet, ging ich in meine Kammer. Ich packte meine wenigen Habseligkeiten und legte mich auf die Pritsche, die ich beinahe so hasste, wie den Mann, der mir diese Schmach angetan hatte. Mein Herz schlug mir bis zum Hals, als ich daran dachte und die Stunden zogen sich endlos dahin. Ich hatte meine Tasche gepackt, ließ die Wertsachen jedoch in ihrem Versteck. Vor Erschöpfung schlief ich dann irgendwann in den Morgenstunden ein.

Der Geruch von Alkohol und fauligem Atem riss mich dann irgendwann aus dem Schlaf.

An meiner Seite lag der massige Körper meines ärgsten Feindes und der versuchte mich mit seinen Schweinsfingern überall zu berühren. Noch halb benommen erwehrte ich mich seiner Zugriffe. Er war sehr betrunken, so dass ich ihn von mir stoßen konnte. Einen Moment lang lag er benommen in der Ecke. Als er wieder zu sich kam, baute er sich drohend vor mir auf und prügelte dann mit bloßen Fäusten auf mich ein, bis ich mich nicht mehr rührte.

Im Unterbewusstsein bekam ich mit, dass der Koch hinzukam und mein Peiniger von mir abließ.

Er flüchtete nach draußen und ich hatte ihn nicht mehr gesehen.

Der Koch gab mir ein weißes Leinentuch, mit dem ich mir das Blut vom Gesicht wischen konnte. Dann holte er noch einen Becher heißen Kaffee aus der Küche und setzte sich an meine Seite. „Jasmina, ich glaube du musst schnell verschwinden. Ich kann dich nicht länger schützen." Wieder sprach er mich mit meinem wahren türkischen Namen an.

„Bald wird die Polizei hier sein und sie kennt keine Gnade, das weißt du. Der Kerl hat Freunde bis hin zur Verwaltung."

Ich hatte verstanden. Ich musste so schnell wie möglich weg. Der Koch legte noch einmal seine Hand auf meine Schultern, nahm dann meine Hand, wie bei Freunden, und sagte: „Gott möge dich beschützen." Ich wusste, er meinte es ehrlich.

Nachdem er meine Kammer verlassen hatte, holte ich in aller Eile meine Papiere aus ihrem Versteck und schlich mich leise aus dem Haus. Ich nutzte jede Nische, um nicht gesehen zu werden, erreichte auf Umwegen den alten Friedhof und wartete eine Stunde, bis ihr dann endlich kamt, um mich abzuholen."

Eine Zeit lang herrscht betretenes Schweigen im Wagen, dann dreht sich Lydia zu ihr. Sie nimmt sie in den Arm und drückt ihr einen dicken Kuss auf die Wange.

Die Fahrt geht weiter nach Osten durch ein langes Tal mit grünen Flußauen, Feldern und Obstplantagen.

Auf einem Parkplatz bei einer Anhöhe wollen sich die beiden Fahrer abwechseln. Salvatore nimmt Edgars Platz ein. Der will gerade auf der anderen Seite einsteigen, als er in der Ferne den silbernen Ford sieht, den sie schon seit Tagen verfolgen. Deutlich ist das Reserverad an seiner Hintertür zu sehen. Er spricht keinen Ton, streckt nur seine Hand aus und weist mit dem Finger in die Ferne.

Als Salvatore das Fahrzeug erkennt, trifft es ihn wie ein Blitz. Sofort startet er den Motor und sie erreichen nach zwei Kilometern den Platz an dem der Wagen abgestellt wurde.

Vorsichtig nähern sie sich der Stelle. Das Nummernschild hängt halb herunter. Es trägt die Buchstaben und Ziffern, die sich der kleine Harkan mit Filsstift auf die Handfläche geschrieben hatte. Kein Zweifel, das ist der Wagen. Salvatore hält die Hand an seine Brusttasche. Er ist jederzeit bereit seine Waffe einzusetzen.

Sie schauen sich um, aber es ist kein Mensch weit und breit zu sehen. Edgar geht um das Fahrzeug herum, sieht in die Fahrerkabine und öffnet die Tür. Ihm kommt ein Schwarm grüner Schmeißfliegen entgegen. Sie stammen von den Lebensmitteln, die im Führerhaus verstreut liegen. Die Frontscheibe ist gerissen und das rechte Vorderrad steht zur Seite. Man kann auf einen schweren Unfall schließen. Salvatore rennt zur Hecktür, reißt sie auf und steigt in den Innenraum. Als er wieder erscheint hält er Aleynas dicke Jacke im Arm. Sie hatte sie noch in Deutschland getragen. Er bringt sie zum Auto, durchsucht die Taschen und findet schließlich eine zusammengefaltete Servierte in der Innentasche. Vorsichtig faltet er sie auseinander und breitet sie auf einem großen Stein aus.

Er kann ein paar Zeilen erkennen. Sie sind schwer zu entziffern auf dem weichen Papier. Als Edgar sich nähert, liest er laut vor: „Lieber Salvatore, ich hoffe, du liest meine Nachricht. Ich werde entführt. Der Mann ist Sekir Solak. Er will mich zu meinem Vater bringen. Wir hatten einen Unfall, aber ich bin wohlauf. Ich liebe dich, Aleyna. Ps: Sei vorsichtig, er ist sehr gefährlich."

Immer wieder liest er die Zeilen, faltet dann das Papier zusammen und steckt es in seine Brusttasche.

„Gott sei Dank, wenigstens ein Lebenszeichen von ihr", sagt er erleichtert. „Sie können noch nicht weit weg sein, am besten fahren wir gleich weiter."

„Warte, Salvatore. Ich kenne im Dorf dort unten ein paar Leute. Vielleicht wissen sie etwas von dem Unfall", sagt Jessy. „Lass uns erst einmal dorthin fahren."

„Gut", antwortet Salvatore. „Aber dass wir uns nicht zu lange aufhalten, vielleicht zählt jede Stunde." Unruhig ballt er seine Fäuste zusammen, denn er fühlt, dass sie in seiner Nähe ist. Ein Schotterweg führt weg von der Straße in das Dorf. Dieses besteht nur aus einer Reihe von Häusern, die grob aus Felssteinen gemauert sind. Einige Kinder spielen am Brunnen und ein alter Mann führt seine Schafe nach Hause. Jessy steigt aus und spricht mit ihm ein paar Worte. Der Mann weist ihr den Weg zu einem Haus etwas abseits gelegen.

Wieder setzt sie ihr Kopftuch auf und geht nach dort. Es erscheint ein jüngerer Mann, der ihr einige Schritte entgegenläuft. Sie sprechen eine Weile miteinander. Er zeigt ihr einen Weg und Jessy nickt mehrmals, als er in eine Richtung zeigt. Mit gefalteten Händen bedankt sie sich bei ihm, kommt zurück zum Wagen und erklärt nun den anderen, was sich ereignete.

„Sekir Solak war scheinbar während der Fahrt eingeschlafen und hatte so die Beherrschung über den Wagen verloren. Der Wagen landete in einer Senke und blieb mit gebrochener Achse liegen. Sekir hatte sich den linken Arm verletzt und die Leute im Dorf versorgten ihn notdürftig.

Der Mann sagte mir, er habe es sehr eilig gehabt und sei grob zu seiner jungen Frau gewesen." Salvatore ist wütend, als er das hört.

Jessy hebt hilflos die Schultern. „Tut mir leid, aber er hat es mir so erzählt. Er wollte unbedingt einen anderen Wagen, um weiter fahren zu können und er bot ihm einen sehr hohen Eurobetrag für sein Auto, einen zwanzig Jahre alten Mercedes-Benz, den er vor einigen Jahren von seinem Bruder, der in Köln lebt, geschenkt bekam. Er gab ihm noch zwei Kanister Diesel mit und Solak sei dann fluchtartig losgefahren. Die Frau habe er in den Wagen gezerrt und, als diese sich weigerte, mehrmals ins Gesicht geschlagen."

Edgar versucht Salvatore zu beruhigen, denn der ist außer sich vor Wut. „Besser, wenn ich die Fahrt selbst fortsetze", denkt er und setzt sich wieder ans Steuer seines Wagens.

Sie fahren viele Kilometer durch eine wüstenartige Gegend. Kein Auto begegnet ihnen in der ersten Stunde. „Hoffentlich hält das Auto diese Strapazen aus", geht es Edgar durch den Kopf. Er hält Ausschau nach einem alten weißen Mercedes, aber vor ihnen gibt es nur Steine und eine endlose Straße, die sich scheinbar in der Ferne verliert. Die Luft flimmert und ist erfüllt vom Duft des Ginsters und vom Zirpen der Zikaden. Das monotone Geräusch des Motors, das Rollen der Reifen und das Singen der Insekten vereinigt sich zu einer endlosen Melodie, die nur zeitweise durch ein Schlagloch unterbrochen wird.

Jessy und Lydia sind eingeschlafen, sie teilen sich ein Kissen. Edgar sieht es im Rückspiegel. Die beiden liegen zusammen wie Engel, denkt er, lächelt und sieht hinüber zu Salvatore, der auch schon eingenickt ist. Die Sonne sticht ihm ins Gesicht, sie brennt unbarmherzig durch die Windschutzscheibe. Auch er muss gegen den Schlaf ankämpfen. In einer weiten Kurve wird seine Fahrt unterbrochen, denn ein Hirte führt seine Schafsherde über die Straße. Edgar schaltet zurück in den zweiten Gang und kommt dann ganz zum Stillstand. Langhaarige Tiere mit gewundenen Hörnern überqueren die schmale Fahrbahn und ihre Lämmer folgen ihnen im Laufschritt. Edgar nimmt sich eine Flasche Wasser und trinkt sie in einem Zug aus. Der Schweiß läuft ihm über das Gesicht und er öffnet die Tür. Als er aussteigt, kommt ihm ein kleines Lamm entgegen, es hat sich wohl von seiner Mutter abgesetzt und zu ihm verirrt. Edgar streckt die Hand aus, um es zu streicheln, aber es springt zur Seite und weicht seiner Berührung aus. Mit einigen Sätzen ist es wieder zurück bei seiner Mutter und wird mit lautem

Blöken empfangen. Nachdem die ganze Herde die Straße passiert hat, kommt ihnen der Schäfer entgegen. Edgar winkt ihm freundlich zu, aber der Mann scheint ihm nicht sehr wohl gesonnen zu sein. Bedrohlich hebt er seinen Stab in die Höhe und schimpft einige Worte in seiner Muttersprache. Edgar lächelt hilflos, denn er ist sich keiner Schuld bewusst. Er setzt sich wieder zurück in den Wagen. Durch den Lärm sind die anderen erwacht. Lydia reibt sich verschlafen die Augen. Sie erschrickt, als der Mann mit seinem Stock auf die Motorhaube schlägt.

Da reißt Jessy die Tür auf und geht mutig auf den Hirten zu. Sie stemmt die Hände in die Hüften und sieht ihn voller Verachtung an. Zunächst spricht sie ganz leise mit ihm, so dass man sie kaum hören kann, dann erhebt sie ihre Stimme und sie schreit so laut, dass sogar die Schafe in ihrer Nähe Reißaus nehmen. Der Mann jedoch widersteht ihrem Wutausbruch und wird seinerseits ganz ruhig. Seine Augen funkeln in ihren dunklen Höhlen. Er spricht noch einen Satz und entfernt sich dann schwankend. Wütend schlägt er mit seinem Stock nach einem der Schafe, das sich dann rasch der Herde anschließt.

Jessy sieht ihm noch eine Weile nach; noch immer steht sie starr an derselben Stelle, bis der Mann hinter einem Felsen verschwunden ist, dann dreht sie sich hoch erhobenem Hauptes um und steigt in den Wagen. Als sie sich niederlässt, zittern ihre Hände ein wenig.

Zögernd beginnt sie: „Der Mann ist scheinbar verrückt. Er will den nächsten, der hier vorbeikommt, erschießen." Sie schüttelt verwirrt den Kopf. „Er sagt, dass seine Schafe ständig von Durchreisenden überfahren werden. Vor zwei Stunden hat er wieder ein Tier verloren. Der Fahrer wäre einfach weiter gefahren. Ein weißer Mercedes. Ich glaube, wir sind ihm auf den Fersen", sagt sie in einem Satz. „Lasst uns lieber fahren, ich glaube, er meint es ernst. Die Leute in dieser Gegend kennen keinen Spaß." Edgar startet den Wagen und setzt ihn wieder in Bewegung. Die Sonne steht schon tief im Westen und es ist nicht mehr weit bis zum Schwarzen Meer.

Sie haben die Hoffnung, noch an diesem Tag die Hafenstadt Samsun zu erreichen. Am nächsten Tag wollen sie dann an der Küste entlang über Ordu und Grisun nach Trabzon fahren, schließlich nach Rize und dann ins Gebirge die Straße nach Erzurum nehmen.

Am späten Abend sind sie dann im Hafen von Samsun angekommen. Es herrscht noch geschäftiges Treiben in der Stadt. Die Straßen sind belebt von fliegenden Händlern und von den hell erleuchteten Basaren kommt dröhnende Musik aus Lautsprechern. Es riecht nach Meer und fremden Gewürzen. Am Kai haben alte Holzboote festgemacht. Sie erinnern an ein vergangenes Jahrhundert.

Jessy hat in einem Hotel zwei Zimmer besorgt. Sie befinden sich in einem Holzhaus direkt am Wasser. Fassade und Balkone sind über und über mit Schnitzereien verziert. Die Eingangshalle erinnert an alte Filme von Humphrey Bogart und Ingrid Bergmann.

Der Pförtner, in seinem Frack gekleidet, führt sie zur hölzernen Treppe. Unter ihren Schritten knarren die alten Dielen. Edgar berührt ehrfurchtsvoll das geschnitzte Geländer und bewundert die aufwendigen Ornamente und Bilder an den Wänden, die schon vom Zahn der Zeit gezeichnet sind, nichts jedoch von ihrer Schönheit eingebüßt haben.

Als das Licht nach mehrfachem Flackern plötzlich ausgeht, greift der Pförtner ohne Hast nach einem Kerzenständer, der auf einer Anrichte steht und zündet seine Kerzen an.

Ein Stromausfall ist hier wahrscheinlich nichts besonderes, sagt sich Edgar und sie erreichen nach einigen Metern die Zimmer in der ersten Etage.

Das Auto ist sicher im Hinterhof abgestellt. Der Wächter hütet es wie seinen Augapfel. Edgar hat ihm einige Euromünzen gegeben und für den nächsten Tag noch mehr versprochen.

Das Badezimmer, welches zu Jessys und Lydias Zimmer gehört, ist beinahe so groß wie ihr Wohnraum. Zufrieden stellen die beiden Frauen fest, dass in der Mitte des Raumes bereits ein riesiger Badeofen angeheizt wurde. Aus seinem Inneren winden sich Kupferrohre in den Raum und enden in chrompolierten Armaturen, die sich schließlich Wasser und Dampf speiend in einer gusseisernen Badewanne entleeren. Es riecht nach Rosenöl, Lavendel und eine angenehme Meeresbrise weht zum Fenster herein.

Jessy und Lydia komplimentieren ihre beiden Begleiter zur Tür hinaus und wünschen ihnen eine gute Nacht. Sie freuen sich auf ein angenehmes Bad nach diesem anstrengenden Tag.

Edgar ist sofort verschwunden. Seine Energie ist für heute aufgebraucht und er fällt sofort in sein Bett.

Salvatore folgt ihm in das Zimmer, sucht dann noch das Badezimmer auf, das nicht ganz so komfortabel ist, und betrachtet sich im Spiegel. Er beschließt seinen Dreitagebart zu entfernen. „Du siehst selbst schon aus, wie ein Verbrecher", denkt er und muss über seine Feststellung lachen. Nachdem er mit der Rasur fertig ist, schaut er in das Zimmer. Edgar liegt ausgestreckt auf seinem Bett und ist schon jenseits von Gut und Böse. Nach jedem Schnarchen folgt ein lang gezogenes Pfeifen.

Salvatore will sich noch die Füße vertreten und nach draußen gehen. Er nimmt sich eine Schachtel Zigaretten aus der Tasche und verlässt leise das Zimmer. Seine Gefühle sind noch immer in Aufruhr und er ist noch nicht in der Lage schon zu schlafen. Die gewundene Holztreppe gibt bei jedem seiner Schritte ein knarrendes Geräusch von sich. Der Pförtner kommt ihm verwundert entgegen. Er richtet seine Krawatte und fragt höflich, ob er ihm helfen kann.

„Danke, ich möchte mir nur noch ein wenig die Beine vertreten." Der Mann hebt die Schultern. Er hat ihn sicher nicht verstanden, aber er schließt ihm die Eingangstüre auf.

Er hebt den Zeigefinger und zeigt ihn auf die Glocke am Tresen. Sie ist mit einer Schnur, über ein paar Rollen mit einem Handgriff an der Haustüre verbunden. Salvatore grinst.

Allzu viel Vertrauen haben sie sicher nicht zur Elektrizität. Er nimmt einen Euro aus der Hosentasche, gibt die Münze dem Mann und geht hinaus in die Dunkelheit.

Die Hafenmole wird von gusseisernen Laternen beleuchtet. Falter und Motten umfliegen sie in Schwärmen. Viele haben sich in den Netzen der Spinnen verfangen, welche die Tiere wie die Fischer aufspannten.

Salvatore steigt über einiges Gerät, das die Fischer hier abgelegt haben. Es riecht nach verdorbenem Fisch und Tang. Zwischen den Booten, die an der Mauer fest gemacht sind, schwimmen Plastiktüten und alte Holzkisten. Im Licht der Laternen schimmert das stehende Wasser in allen Farben.

Salvatore geht ein paar Schritte weiter und gibt dem Bettler in der Hausnische eine Münze. Der Alte hat ein Bündel Zeitungen ausgebreitet und sich so ein Nest für die Nacht bereitet. Wortlos bedankt er sich mit der Hand.

Salvatore muss an seine Zeit in Italien denken, an die warmen Nächte, an das einfache Leben, das seine Großeltern führten.

In den Sommerferien war er immer bei ihnen, während seine Eltern schon im fernen Deutschland arbeiteten. In der Schulzeit lebte er zusammen mit Lydia bei seiner Tante Laura in Bari, wo sie auch die ersten Schulklassen besuchten.

Nachdem die Eltern in Düsseldorf Fuß gefasst hatten, holten sie schließlich die Kinder nach. Salvatore fiel der Abschied von seiner gewohnten Umgebung und den Freunden sehr schwer. Tante Laura erzählte ihnen viel von dem fernen Land. Sie selbst lebte einige Jahre in Düsseldorf und schwärmte in den höchsten Tönen von Deutschland, obwohl sie wusste, dass dort auch nicht alles Zucker schlecken ist.

Lydia und Salvatore sollten bei ihren Eltern aufwachsen. Das war ihre Meinung. Sie mochte die beiden sehr und hatte sie auch gerne bei sich. Da sie selbst keine Kinder hatte, wuchsen sie ihr immer mehr ans Herz, aber dieser Schritt war notwendig. Als sie die beiden zum Bahnhof brachte, war es einer der schlimmsten Tage in ihrem Leben. Sie ließ sich dennoch nichts anmerken. Lange nachdem der Zug abgefahren war, stand sie noch am Gleis und fühlte eine unendliche Leere in ihrem Herzen.

Gedanken verloren nähert sich Salvatore einer Kaschemme, aus der lautes Lachen zu hören ist. Neugierig sieht er durch die verschmierte Scheibe. Im Inneren sitzen raubeinige Seeleute. In deren Mitte bewegt sich eine Frau von mindestens zwei Zentnern und kleiner Gestalt zum Klang von Trommeln, Flöten und Dudelsack. Sie ist erstaunlich gelenkig und lässt den Bauch rhythmisch kreisen. Die kleinen Glöckchen an ihrem Ausschnitt klingen in hellen Tönen.

Salvatore verweilt einen Moment und schaut dem munteren Treiben zu.

Die Männer im Raum klatschen laut Beifall zum Rhythmus und der Musik. Sie werfen der Frau Münzen und Geldscheine zu. Einige Mutige greifen sogar nach ihr und sie lässt es bereitwillig geschehen.

Salvatore schüttelt den Kopf und will gerade gehen, da berührt ihn von hinten eine Hand. Erschrocken dreht er sich um und geht in Abwehrstellung. In der Dunkelheit vor ihm steht ein Junge von etwa zwölf Jahren. Er hebt beruhigend die Hände. „Bitte nicht aufregen", sagt er in gebrochenem Deutsch.

„Was willst du?", fragt Salvatore gereizt und holt aus zu einer Ohrfeige. Der Junge springt einige Schritte zurück. „Bitte nicht!" Er hält seine Hände schützend über den Kopf so wie ein Kind, das gewohnt ist, regelmäßig Schläge zu bekommen. Salvatore mustert ihn. „Was machst du zu dieser Stunde hier im Hafen, warum bist du nicht zu Hause?"

Der Junge schweigt und sieht ihn ängstlich an. Salvatore legt die Hand auf seinen Arm, und dieser zuckt zusammen. „Warum hast du mich angesprochen?" Will er schließlich wissen. Der Junge überlegt eine Weile, sieht ihn dann von unten nach oben an.

„Willst du für die Nacht ein Mädchen?"

Salvatore stutzt. Alles hatte er ja erwartet, das aber nicht. „Wie kommst du darauf?" Er nähert sich seinem Gesicht und sieht ihm forschend in die dunklen Augen.

Ohne ihm auszuweichen, sagt er, als wenn es das Normalste von der Welt wäre: „Du kannst heute Nacht mit meiner Schwester schlafen." Salvatore glaubt, er hätte sich verhört und fragt noch einmal: „Was hast du eben gesagt?" Der Junge nickt.

„Ja, da drüben an der Straße, bei den anderen Nutten, die kleine mit den Netzstrümpfen, das ist sie, sie ist heute noch Jungfrau" und grinst ihm frech ins Gesicht.

Salvatore ist empört, am liebsten hätte er ihm eine gelangt, aber er kann sich bremsen.

„Wie kommst du dazu, deine Schwester auf der Straße anzubieten wie ein Zuhälter?"

Der sieht ihn erstaunt an und sagt: „Wieso, wir leben doch davon und ich beschütze sie."

Salvatore schüttelt verständnislos den Kopf. „Warum macht ihr das. Was sagt denn euere Familie dazu. Wenn ich euer Vater wäre, ich würde euch beide nach Hause prügeln."

„Schläge haben wir schon genug bekommen, du hast doch gar keine Ahnung."

„Wie meinst du das?", fragt Salvatore neugierig. Der kleine zögert einen Moment, dann sieht er ihn voller Verachtung an und spuckt auf die Erde. „Sollen wir vielleicht verhungern in dieser Stadt voller Armmut und Verbrechen? Und was redest du von Eltern. Die haben wir schon lange nicht mehr."

„Sind sie gestorben?", fragt Salvatore. „Das wäre gut", antwortet der Junge. Salvatore kann Hass in seinem Gesicht erkennen.

„Wenn ich es könnte, würde ich keinen Moment zögern meinen Vater umzubringen." Er ballt seine rechte Hand zur Faust und schlägt sie in die linke Handfläche. Er fängt plötzlich an zu erzählen: „Wir lebten früher in einem kleinen Dorf in der Nähe. Meine Schwester war damals Fünfzehn Jahre alt und sie musste täglich mit dem Bus in die Stadt zur Schule fahren. Mein Onkel, der auch jeden Tag mit dem Lkw in die Stadt fuhr, bot sich an sie mitzunehmen. Mein Vater war froh darüber, denn er konnte das Geld für den Bus sparen. Pünktlich holte er sie dann morgens ab und brachte sie am Nachmittag wieder zurück. Eines Abends kam sie in mein Zimmer und setzte sich schweigend auf mein Bett. Ich fragte sie, was sie denn wolle, und sie begann zu weinen. Nachdem sie sich beruhigt hatte, sagte sie:

„Ich will nicht mehr mit dem Onkel zur Schule fahren. Seit Wochen hat er mich bedrängt und an sich gedrückt. Ich konnte immer wieder ausweichen. Heute ist er auf dem Heimweg von der Straße abgefahren, ich konnte mich nicht wehren, er war viel stärker als ich. Er riss mir die Kleider vom Leib und ich konnte nicht einmal schreien. Er tat mir furchtbar weh und als er schließlich von mir abließ, lachte er nur und verhöhnte mich auch noch. Dann sagte er mir noch, ich solle niemandem etwas erzählen, wegen der Familienehre."

Irgendwann sagte sie mir dann mit Tränen in den Augen, dass sie ein Kind erwarte. In meiner kindlichen Naivität begriff ich zunächst gar nicht, was sie meinte. Verzweifelt packte sie mich an der Jacke. „Du weißt doch, der Onkel, das Schwein!"

Ich begriff und wir beschlossen die Angelegenheit geheim zu halten, aber meine Schwester musste sich oft am Morgen übergeben, so wie viele Frauen am Anfang ihrer Schwangerschaft. Eines Tages nahm sie mein Vater mit zu einem Arzt und erfuhr die Wahrheit.

Am Abend kam er dann alleine zurück. Er hatte stark getrunken und setzte sich breit in den Wohnraum. Ich sah ihn von der Tür aus. Mutter fragte vorwurfsvoll: „Wo ist das Kind?"

Sie verschränkte ihre Arme vor ihm.

Genervt fasst er sie an den Ellenbogen und zerrt sie in das Schlafzimmer. Sie wehrte sich, worauf er ihr mehrmals ins Gesicht schlug.

Ich hörte Mutter noch lange schreien und immer wieder fielen die Worte: „Hure und Schande." Als es stiller wurde, verließ ich heimlich das Haus, um meine Schwester zu suchen. Nach einigen Stunden fand ich sie dann in einem Abwassergraben. Sie war bewusstlos, als ich sie aus dem Dreck zog.

Kaum hörbar röchelte sie, als ich sie auf ein Bündel Netze legte. An ihren Beinen rann Blut herunter. Stockend ging ihr Atem und als sie mich erkannte, zeigte sich ein schwaches Lächeln auf ihrem Gesicht.

„Bleib ruhig liegen", sagte ich. „Ich hole Hilfe." Ich lief einige Meter zu dem Arzt, der sie am Mittag untersucht hatte.

Widerwillig folgte er mir zu meiner Schwester, aber als er das Mädchen sah, bekam er ein schlechtes Gewissen.

Sollte seine Diagnose der Grund für den Zustand des Mädchens sein?

Er nahm einige Medikamente aus seiner Arzttasche, um ihren Kreislauf zu stabilisieren, dann griff er nach seinem Handy und rief einen Krankenwagen.

Endlos lange dauerte es, bis dieser endlich eintraf. Ich fuhr mit ins Krankenhaus und blieb die ganze Nacht bei ihr. Am Morgen weckte mich die Schwester. Ich lag auf einer Bank im Vorraum. Mit ernstem Gesicht sagte sie mir: „Das Kind konnten wir nicht retten, aber deine Schwester haben wir außer Gefahr." Sie ließen mich zu ihr und wir umarmten uns, so wie wir es schon als Kinder taten. Sie hatte eine Infusion im linken Arm und ihr Gesicht hatte die Spuren von heftigen Schlägen. Eine Augenbraue war mit mehreren Stichen genäht.

„Was hat dieser Mann, der dein Vater sein soll, dir nur angetan!", sagte ich und schwor furchtbare Rache.

Niemals würden wir in dieses Haus zurückkehren, sagten wir uns.

Als ich eines Tages meiner Mutter begegnete, sagte sie mir, sie hätten Vater abgeholt. Der Arzt hatte ihn angezeigt und er wäre jetzt in einem Gefängnis, im Inneren des Landes. Sie beschwor mich, wir sollten zurückkommen. Sie wollte alles wieder gut machen. Sie tat mir zwar leid, aber ich konnte keine Gefühle mehr für sie empfinden.

Nachdem meine Schwester aus dem Krankenhaus entlassen worden war, lebten wir eine Zeit lang auf der Straße. Wir klauten uns das Essen oder holten es uns aus den Mülltonnen. Ich versuchte im Hafen und auf dem Markt etwas Geld zu verdienen, aber wer wollte schon einen Jungen als Arbeiter. Oft schliefen wir in Lumpen oder auf Fischernetzen und mussten uns vor den Ratten in Acht nehmen. Sie stahlen uns oft die letzten Vorräte, die wir noch hatten. Ich war verzweifelt, dass ich uns nicht aus dieser Lage befreien konnte."

Salvatore hat sich inzwischen auf einem der gusseisernen Poller niedergelassen und hört dem Jungen interessiert zu.

„Eines Tages sprach eines der Mädchen vom Hafen meine Schwester an. Sie fragte sie, ob sie sich schnell etwas verdienen wollte. Zögernd ging sie mit ihr. Sie betraten ein altes Hotel. Ich hatte ein schlechtes Gefühl, als ich ihr nachschaute und sie in dem Eingang verschwinden sah.

Als sie nach einer Stunde zurückkam, wollte sie mir zunächst nicht in die Augen sehen und ich ahnte, was sie getan hatte. Sie holte ein Bündel Geld aus ihrer Tasche. Wir berührten beide die Scheine und ekelten uns davor.

„Komm, lass uns etwas essen gehen", sagte sie.

Zum ersten Mal seit Wochen konnten wir uns etwas leisten.

Wir bestellten uns alles, was wir so lange entbehren mussten. Es war nicht der Hunger, der uns alles verschlingen ließ, sondern eher das Gefühl von Raubtieren, die nicht wissen, wann sie die nächste Beute fangen können. Als wir nach einer Stunde das Lokal verließen, verschwand meine Schwester in einer Nische. Sie musste sich übergeben. Sicher nicht wegen des Essens, sondern wegen der Erlebnisse, die sie zuvor hatte."

Salvatore steckt sich eine Zigarette an. „Kannst du mir auch eine geben?", bittet der Junge. „Bist du nicht zu jung zum Rauchen?" fragt Salvatore spöttisch. Wütend dreht sich der junge einmal im Kreis. „Willst du mir vielleicht was erzählen?"", gibt der zornig zurück.

„Warum erzähle ich dir das eigentlich alles?" Er wendet sich ab und will gehen. „Warte, geh nicht. Das kannst du nicht machen, du musst mir eure Geschichte zu Ende erzählen!" „Was soll ich dir sagen, vielleicht fängt sie ja hier erst an."

Er nimmt die Zigarette, die ihm Salvatore reicht, und zündet sie selbst an. Tief zieht er den Rauch ein, als wäre er ihn schon lange Jahre gewohnt.

„Recht hast du, Junge, wenn eine Geschichte endet, fängt immer wieder eine Neue an. Es stimmt, was du sagst. Ich denke nur, ihr habt den falschen Weg eingeschlagen und es ist nur eine Frage der Zeit und ihr könnt eure Geschichte nicht mehr beeinflussen und es ist dann ein Weg, der nie wieder nach oben führt. Andere Menschen werden euere Ziele beeinflussen, Menschen, die nicht euere Freunde sind und die euch immer tiefer in den Sumpf ziehen. Irgendwann werdet ihr euch für den Weg, den ihr eingeschlagen habt hassen und daran zerbrechen." Die beiden sehen sich lange schweigend an. Salvatore legt vorsichtig die Hand auf seine Schulter.

Die Pupillen des Jungen wechseln hin und her, Salvatore bemerkt seine Hilflosigkeit, die plötzlich in Abwehr umschlägt. Er wirft die Zigarette in weitem Bogen ins Wasser.

„Was wisst ihr Affen überhaupt über unser Leben hier. Ihr habt es leicht, über andere zu urteilen, in euerem reichen Land. Soll ich dir sagen, was mit einem Mädchen passiert, das vor der Ehe die Unschuld verliert? Niemals wird sie je einen Ehemann finden, sie ist ausgestoßen von der Gesellschaft, ihre Familie will nichts mehr von ihr wissen, das Beste, was sie machen kann, ist, dass sie sich selbst umbringt, wenn es nicht ihre Familie vorher schon tut."

Er kickt mit dem Fuß eine Blechdose ins Wasser, wirft einen Stein hinterher und will sich entfernen. „Warte", sagt Salvatore. Er greift nach seiner Geldbörse und will ihm einen Schein geben. Der Junge bleibt einen Moment stehen und sieht ihn von der Seite an. „Behalte dein Geld. Ihr Ausländer denkt wohl, ihr könnt euch alles erkaufen, auch Gefühle. Ich bin kein Märchenerzähler, der dich hier für ein paar Euro unterhalten will, sodass du die Geschichte später dann im Kreise deiner Freunde weitergeben kannst."

Ohne sich noch einmal umzudrehen, geht er hinüber zu seiner Schwester, die im kurzen Röckchen gelangweilt auf einen Freier wartet. Salvatore schüttelt den Kopf und wendet sich ab. Er geht einige Schritte an der Kaimauer entlang. Schade, denkt er. Was aus den beiden wohl in der Zukunft wird? Er biegt in eine Seitengasse ein. Zwei Straßenköter huschen an ihm vorbei und lassen sich vor einer Mülltonne nieder. Salvatore geht bis zur nächsten Laterne und tritt dann wieder den Rückweg an.

Immer noch sieht er den Jungen, einige Meter entfernt von seiner Schwester. Wieder hat er eine Zigarette in der Hand. Er schnippt sie mit dem Finger durch die Dunkelheit und als sie auftrifft, versprüht die Glut ein paar Funken.

Salvatore kehrt die wenigen Meter zurück. Er will ihm noch etwas sagen. Nicht, dass er sich entschuldigen will. Nein, er tut ihm einfach nur leid.

Kaum hat er ihn erreicht, fährt eine dunkle Limousine vor. Der Motor des Fiat heult laut auf. Die Mädchen rennen zur Seite und zwei Männer steigen aus dem Wagen. Der Junge hat plötzlich ein Messer in der Hand. Die Männer reden lautstark auf die Frauen ein, die ängstlich zurückweichen.

Salvatore versteht, dass sie Geld von ihnen fordern.

Mutig geht der Junge mit dem Messer in der Hand auf die beiden zu. Sie grinsen nur spöttisch, als sie ihn sehen. Der Eine schlägt ihm das Messer aus der Hand und tritt ihm in den Bauch, so dass dieser zusammensinkt.

Salvatore ist mit einigen Schritten heran. Er greift in seine Brusttasche, holt die Pistole heraus und hält sie dem Mann ins Gesicht. Die beiden hatten diese Reaktion sicher nicht erwartet und ziehen sich zurück. Schnell sind sie in ihrem Wagen verschwunden, der sich mit kreischenden Reifen entfernt. Salvatore kniet sich hinunter zu dem Jungen, der stöhnend am Boden kauert. Da kommt seine Schwester, sie nimmt seinen Kopf in die Arme und küsst ihn ab. Tränen laufen über ihr Gesicht und sie beginnt laut zu schluchzen.

Mühsam erhebt sich der Junge nach einer Weile und schiebt seine Schwester liebevoll zur Seite.

„Danke, Fremder, dass du mir geholfen hast. Ich wusste gar nicht, dass ihr Deutschen so mutig seid." Er bemüht sich um ein Lächeln.

Salvatore streicht ihm über den Kopf „Da hast du aber Glück, Kleiner, dass ich Italiener bin und eine deutsche Pistole bei mir habe."

Das Mädchen sieht ihn fragend an und der Junge übersetzt ihn mit wenigen Worten. „Die Kerle sind von der schlimmsten Sorte", sagt er zu Salvatore. Sie sind wie eine Mafia organisiert, überall haben sie ihre Fänge. Sie kontrollieren das Glücksspiel und die Nutten, die eigentlich verboten sind. Sie bestimmen die Preise der Bauern auf dem Markt und kaum ein kleiner Händler im Basar bleibt vor ihnen verschont. Nimm dich vor ihnen in Acht, wenn du ihnen wieder begegnest.

Ich glaube, es ist besser, wenn wir schnell von hier verschwinden. Die kommen bestimmt zurück. Ihr Boss soll auch wieder in der Stadt sein. Sie nennen ihn Sekir die Ratte." Salvatore erschrickt, als er den Namen Sekir hört.

„Hat dieser Sekir eine Narbe unter dem Auge und war er vor einiger Zeit in Deutschland?", will Salvatore wissen. „Wo er herkommt, weiß ich nicht, aber mit der Narbe am Auge hast du Recht."

Die Welt ist klein, denkt Salvatore. Bald haben wir dich. Sein Gesicht verfinstert sich.

„Woher kennst du ihn", will der Junge wissen. „Ich kenne ihn nicht, Ich weiß nur, dass er der Mörder von Selda ist. Selda war meine Verlobte, wir hatten nur wenige Tage bis zur Hochzeit." Nachdenklich fährt er fort: „Jetzt hat er Aleyna in seinen Krallen. Er hat sie von Deutschland nach hier entführt und wir verfolgen die beiden seit Tagen bis hierher in diese Stadt."

Das Mädchen spricht einige türkische Worte zu ihrem Bruder und als der Name Selda fällt übersetzt der Junge: „Meine Schwester sagt, sie kenne ein Mädchen namens Selda, sie wohnte bei ihrer Tante in der Stadt. Sie war als Kind oft bei ihnen. Später sei Selda dann nach Deutschland gefahren." Langsam setzt sich die ganze Geschichte zusammen, wie ein großes Pusselspiel, geht es Salvatore durch den Kopf.

„Frage sie mal, ob sie auch Seldas Vater kennt!" Sie überlegt einen Moment, worauf sie laut zu schimpfen beginnt.

„Der Vater war ein schlechter Mensch, ähnlich wie unser Vater, er hätte sie gegen ihren Willen an einen unbekannten Mann verheiratet, als der sich dann von ihr trennte, habe er sie zu dieser Tante gebracht."

Schon gut, denkt Salvatore, dass es Tanten gibt.

„Weißt du, wo sich dieser Sekir normalerweise aufhält?", fragt er den Jungen.

„Ich denke in seinem Heimatdorf, in den Bergen, aus dem auch Selda stammt." Salvatore kennt den Ort, er war ja schließlich auf ihrer Beerdigung. Der Ort, in dem sie aufwuchs und in dem sie am Ende keiner mehr wollte. Der Ort, in dem ihr Vater sie verfluchte und sie nie mehr sehen wollte. Selbst der Tod versöhnte den Vater nicht mit seiner Tochter. Was hatten sie jetzt mit Aleyna vor, hatte die Familie schon ihr Schicksal bestimmt? Salvatore hat ein schlechtes Gefühl und will zurück zum Hotel gehen.

Er gibt dem Mädchen zwanzig Euro in die Hand und hat ein schlechtes Gewissen dabei, obwohl er gar keinen Grund dazu hat. Der

Junge will ihn abwehren, aber Salvatore besteht darauf. Rasch entfernt er sich von den beiden und sie sehen ihm noch lange nach, bis er in die nächste Straßenecke einbiegt.

Als er das Hotel erreicht, beginnt es schon hell zu werden. Die beiden gehen ihm noch lange nicht aus dem Kopf und er betritt Gedanken versunken die Eingangsanlage.

Er erinnert sich wieder an die Worte des Pförtners und an die Klingel, zieht an der Schnur und ein lautes Glockengeläut ertönt in der Halle. Er befürchtet damit das ganze Haus aufzuwecken. Nach einer Weile kommt der Pförtner verschlafen zur Tür. Er rückt seine Krawatte zurecht, reibt sich den Schlaf aus den Augen und lässt Salvatore herein, der nun vorsichtig die knarrende Treppe hinauf schleicht.

Als er das Zimmer betritt, wird Edgar wach. „Wo warst du die ganze Zeit?", fragt er ihn und gähnt mit geschlossenen Augen. Salvatore setzt sich an die Bettkante. Er greift in die Brusttasche, in der sich seine Pistole befindet. Er nimmt sie heraus und wirft sie aus dem Handgelenk auf die Bettdecke. Das schwarze Eisen liegt bedrohlich auf dem weißen Laken. Edgar nimmt es in seine Hand. Nie im Leben hat er eine scharfe Waffe in seiner Hand gehalten und er fühlt sich nicht gut dabei.

„Nimm das Ding weg!", sagt er ärgerlich. Salvatore nimmt die Pistole wieder an sich. Er lächelt und steckt sie wieder in seine Tasche.

„Hast du jemanden erschossen?", fragt er und mustert Salvatores Gesichtszüge. Der schüttelt den Kopf und sieht zur Seite. „Hätte ich den Richtigen getroffen, ich hätte keinen Moment gezögert."

„Salvatore, sei vorsichtig, sonst gehen wir noch in den türkischen Knast, du kannst dir vorstellen, dass dies kein Spaß mehr ist und wir sitzen jahrelang bei Wasser und Brot in einer voll geschissenen Zelle. Das hier ist weit weg von Deutschland und keiner hilft dir, weder Rechtsanwalt noch Gefängnispfarrer."

Salvatore entledigt sich seiner Schuhe, wirft sich rücklings auf das Bett und beginnt von seinen nächtlichen Erlebnissen zu erzählen.

„Ich denke, wir fahren morgen erst einmal zu Aleynas Heimatdorf. Dann sehen wir ja, ob er sie nach hier gebracht hat." Mit diesen Worten nimmt er das Schießeisen samt Futteral und verstaut es in seiner Reisetasche.

Einen Moment lang sieht er aus dem Fenster. Am Kai beladen einige Fischer ihre Boote, andere kommen vom nächtlichen Fischfang zurück und es beginnt ein buntes Treiben in der Stadt.

Ein Polizeifahrzeug kämpft sich durch die engen Gassen und ein paar Straßenzüge weiter hat sich das Heulen der Sirene im Lärm des beginnenden Verkehrs verloren. Von den Minaretten hört man die Vorbeter zum ersten Tagesgebet rufen. Salvatore reibt sich die Bartstoppeln und legt sich noch einmal flach. Der ist sicher total übermüdet, denkt Edgar, geht dann zum Bad und macht sich zurecht.

„Bleib` nicht zu lange, du kannst später im Auto weiterschlafen", sagt er noch zu ihm, geht nach draußen und schließt die schwere Eichenholztüre. Die Treppenstufen geben ächzende Geräusche von sich, Salvatore hört sie aber nicht mehr, denn er ist längst eingeschlafen.

Jessy und Lydia sitzen bereits im Speisesaal. Es ist kurz vor Acht Uhr. Scheinbar sind sie die einzigen Gäste im Haus. Sie haben jedenfalls noch keine anderen Leute gesehen.

Ein Kellner mit Fliege und weißem Haar nimmt die Bestellung auf. Man könnte ihn auf achtzig Jahre schätzen. Vielleicht ist er schon hier, seit dieses Hotel besteht und genießt hier sein Gnadenbrot. Vielleicht ist es aber auch der Besitzer, der sich nur den Spaß macht, seine Gäste zu bewirten.

Nachdem er den Tisch mit einem höflichen Nicken verlassen hat, kommt ein junger Mann mit einem Tablett. Er hat frischen Kaffee und

Gebäck. Ungeschickt legt er die frisch gebackenen Hörnchen mit einer Zange auf die einzelnen Teller. Edgar bedankt sich höflich,
aber Lydia lässt ihre großen Augen hilflos
kreisen. Am liebsten würde sie aufstehen und
ihm helfen. Edgar weiß, was sie jetzt denkt.

„Ruhig Blut", sagt er und fasst nach ihrer
Hand. „Ich weiß, du kannst das besser."

Lydia zieht eine Schnute. „Der wäre besser
Schafshirte geblieben!", sagt sie kaum hörbar
und köpft ihr Frühstücksei mit einem geziel-
ten Schlag. Edgar zieht den Kopf ein, so als
hätte es ihn getroffen. Jessy hält schützend die
Hände vor ihr immer noch angeschwollenes
Gesicht. Vorsichtig hebt Edgar wieder den
Kopf und Jessy schaut ihr durch die gespreiz-
ten Finger in die Augen.

Jetzt, nachdem auch Lydia die komische Situation erkannt hat, müssen alle drei laut lachen.
Lydia denkt noch einmal darüber nach, ob sie
etwas Falsches gesagt haben könnte und beendet das Gespräch mit einem Lächeln, das
sie alle entwaffnet. Ein Sonnenstrahl trifft ihr
feuerrotes Haar und Edgar muss sich wieder
an Salvatores Worte erinnern, als er sagte:
„Sei vorsichtig, meine Schwester ist eine Hexe."

In diesem Moment steht Salvatore in der Türe. Er wirkt noch etwas schläfrig und setzt
sich mit einem Seufzer neben seine Schwes-

ter, die ihm über die feuchten, lockigen Haare streicht. Noch einmal spricht er über seine nächtlichen Erlebnisse und Jessy gibt ihm den guten Rat, nachts nicht mehr alleine auf die Straße zu gehen, um auf eigene Faust nach Aleyna zu suchen. Sie sagt: „Es könnte passieren, dass du ohne eine Spur verschwindest. Du wärst nicht der Erste, wie du dir denken kannst."

Salvatore muss ihr Recht geben. Er erinnert sich daran, wie sie den Jungen noch vor ein paar Stunden so brutal niedergeschlagen haben. Hoffentlich hat er keine inneren Verletzungen, denkt er.

Lydia hat sich inzwischen erhoben und beginnt das Gepäck in den Wagen zu laden. Das Auto sieht schon genau so vergammelt aus wie die meisten Fahrzeuge in dieser Gegend. Die lange Reise ist auch an ihm nicht spurlos vorüber gegangen. Das Blinklicht an der linken, vorderen Seite ist eingeschlagen und auf der rechten Seite durchzieht eine tiefe Schramme den Lack. Der Wagen ist von einer dicken Staubschicht überzogen und die vordere Front ist mit einer ganzen Armee von Insekten aller Größen und Farben beklebt. In den Kühlerschlitzen steckt sogar eine tote Maus. Lydia schüttelt sich angewidert und entfernt sie mit einem Stock. Als die anderen erscheinen, ist der Wagen reisefertig.

Edgar kontrolliert noch einmal wie gewohnt Kühlwasser und Ölstand und schon bald fahren sie auf der Straße nach Trabzon. Sie durchfahren das weite Delta des Flusses Yesil Imak. Im Flussbett liegen riesige Felsbrocken und Geröll, die in den Regenzeiten vom Gebirge bis ins Tal befördert werden. Dann fließt hier ein reißender Strom, während jetzt nur ein kleines Flüsschen das Meer erreicht.

Nach zwei Stunden ist die Stadt Ordu erreicht und nach einer weiteren Stunde passieren sie Giresun und kommen nach der Fahrt auf der gut ausgebauten Küstenstraße nach Trabzon, um dann zur Passstraße nach Erzurum abzubiegen. Die Straße ist jedoch wegen eines Erdrutsches seit Wochen gesperrt, so sagt man ihnen. Jessy hat sich wieder als wertvolle Hilfe und Dolmetscherin nützlich gemacht. Sie beschließen weiter an der Küste entlang bis nach Rize zu fahren, um dann eine andere, kleinere Passstraße nach Erzurum zu nehmen. Am frühen Abend haben sie das kleine Städtchen erreicht und Edgar streicht liebevoll über das Lenkrad. „Brav, mein Dieselross", sagt er anerkennend. „Du hast uns schon ganz schön weit gebracht." Inzwischen hat er schon ein liebevolles Verhältnis zu seinem Auto bekommen. Immerhin ist es ja nur noch hundert Kilometer bis zur Georgischen Grenze entfernt.

Jessy kennt sich in dieser Gegend gut aus und besorgt eine Unterkunft für die Nacht. „Ich habe mit meinen Eltern zwei Jahre in Rize gelebt. Meine Eltern haben hier auf einer Teeplantage gearbeitet", sagt sie.

Sie wollen die Nacht in einem Bauernhaus bei netten und bescheidenen Leuten, die sie sehr herzlich begrüßen, verbringen.

So sitzen sie an diesem Abend auf einer weinüberdachten Terrasse. Die Teeplantagen reichen von den Hügeln bis hinunter zu den ersten Häusern.

In der Ferne spiegeln sich die letzten Sonnenstrahlen im Meer. Man hört die Glöckchen der Ziegen, die, an langen Leinen angebunden, den Radius, der ihnen zur Verfügung steht, abgrasen.

Jessy sitzt auf einem aus Weiden geflochtenen Stuhl und lehnt sich an den Türpfosten. Lydia sieht schon seit einer Weile nach ihr.

Die Schwellungen in ihrem Gesicht sind zurückgegangen, nur einige Blutergüsse an ihrem linken Auge sieht man noch. Lydia rückt etwas näher und als sie nach ihrer Hand greift, laufen Tränen über Jessys Wangen.

Sie nimmt sie tröstend in den Arm, worauf diese hemmungslos zu weinen beginnt. Alle Schmerzen, die sie in den letzten Monaten an Leib und Seele erdulden musste, entladen sich in einem kaum endenden Weinkrampf.

Salvatore und Edgar entfernen sich. Sie gehen einige Schritte den Hügel hinab. Sie sind hilflos. Jessy ist eine starke Frau. Man hat sie selten weinen gesehen. Lydia kann ihr aber in diesem Moment bestimmt besser beistehen als die Männer.

„Tut mir leid, Lydia, dass ich mich so gehen lasse", sagt sie. „Immer, wenn ich hier in meine Heimatstadt komme, fällt mir die schöne Zeit meiner Jugend wieder ein: Meine Freunde, Eltern und die Verwandten. Die meisten sind nicht mehr da, aber das Land, das ich so liebe, ist noch unverändert. Die gleichen sanften Hügel, mit dem satten Grün der Teepflanzen, die Ruhe und die ehrlichen Menschen, die sich gegenseitig helfen."

Lydia hätte am liebsten auch angefangen zu heulen und streicht ihr über die schwarzen Haare, die wieder zu einem dicken Zopf zusammengebunden sind. Jessy greift nach einer Hibiskusblüte und steckt die weiße Blume in Lydias rotes Haar. „Danke", sagt diese. „Ich bin froh, dass ich dich getroffen habe und dass wir uns so gut verstehen." Lange reden sie noch miteinander, selbst als Salvatore und Edgar längst schlafen.

Gegen Mitternacht gesellt sich der Hausherr mit seiner Frau zu ihnen. Sie bringen noch Tee und Gebäck. Jessy spricht einige Worte türkisch mit dem Mann.

Nach einer Weile kann Lydia beobachten, wie die Gelassenheit und Fröhlichkeit aus dem Gesicht des Mannes entweicht. Was Jessy wohl mit ihm gesprochen hat, das ihm so die Angst ins Gesicht trieb?

Der Mann geht einige Schritte auf und ab, nimmt dann seine Frau an der Hand und verabschiedet sich höflich, aber kühl.

Schade, denkt Lydia, dass dieser Abend so unharmonisch enden muss.

„Was hast du nur zu ihnen gesagt?", fragt sie Jessy. Die jedoch winkt nur nachdenklich ab. „Die haben alle Angst vor dieser Bande. Keiner wagt sich zu wehren, die Leute sind total eingeschüchtert, komm` lass uns aufs Zimmer gehen. Dort können wir weiterreden."

Lydia und Jessy liegen nebeneinander auf einem einfachen Bett, das mit einer groben Baumwolldecke bezogen ist. Eine Kerze brennt auf einem Schränkchen aus Olivenholz. Das Wachs früherer Kerzen hat schon eine dicke Schicht auf der Platte hinterlassen.

„Ich habe den Mann nach Sekir befragt", beginnt Jessy. „Scheinbar herrscht er hier über die ganze Region, so wie ein Mafiaboss. Der Mann hat Angst um seinen Arbeitsplatz in der Teefabrik. Er befürchtet etwas Falsches zu sagen."

„Hat die Polizei bei euch keine Handhabe gegen die Praktiken dieser Verbrecher?"

Jessy sieht sie mitleidig an. „Du weißt doch selbst, wie es bei euch in Italien mit der Camorra zugeht. Bei uns kommt noch die Korruption in allen Kreisen, vom kleinsten Beamten bis hoch zu den Politikern, hinzu. Auch erledigen diese Leute so genannte Ehrenmorde, die von den Familienräten und starrsinnigen Vätern beschlossen werden. Ihre Spuren führen oft durch ganz Europa. Die Taten geschehen so still und diskret, dass selten etwas an die Öffentlichkeit gerät. Die Fälle von Selda und Aleyna sind keine Seltenheit. Die Männer kassieren hohe Kopfprämien von den Familien, die sie beauftragen. Oft werden die Leute danach auch noch erpresst.

Ich kenne den Fall einer Familie, in dem sich eine Familie von ihnen einige hundert Euro lieh, um eine andere Grundschuld zu begleichen. Der junge Sohn musste anschließend acht Jahre bei einem Bauern, der Mitglied der Bande war, arbeiten. Nach einem misslungenen Selbstmordversuch wurde er dann von dessen Hof gejagt und als er zurück zu seinem Vater kehren wollte, hat dieser ihn nicht mehr aufgenommen. Eine Woche später hatte er seinen Freitod vollendet und keiner sprach danach noch in der Öffentlichkeit darüber.

Kurze Zeit später verschwand seine Familie aus der Gegend. Der Vater hatte Hals über

Kopf das Anwesen an den Bauern, bei dem sein Sohn arbeiten musste, verkauft.

Du darfst es nicht falsch verstehen, Lydia, die meisten Menschen hier sind einfach und friedlich. Sie geben dir das letzte Schaf, wenn es nötig ist, aber sie sind gefangen in ihren Komplexen von Stolz und Familienehre."

„Was werden sie mit Aleyna machen?", fragt Lydia nach einer Weile. „Wenn sie noch lebt und Sekir sie wirklich zu ihrem Vater gebracht hat, wird dieser versuchen sie so schnell wie möglich zu verheiraten.

Für ihn wird es schwierig sein, denn nach ihrem Auslandsaufenthalt hat er das Problem für ihre Jungfräulichkeit zu garantieren. Wenn er tatsächlich einen Vertrag aushandeln kann, erwartet Aleyna ein Leben in Abgeschiedenheit und Armut. Sie wird ein paar Kinder gebären von einem Mann, den sie nicht liebt und der ihr aufgezwungen wurde. Sie wird Bedienstete ihrer Schwiegereltern sein und täglich schwere Feldarbeit verrichten. Nach einigen Jahren wird ihre Jugend verbraucht sein und ihr Wille ist gebrochen. Ihre Träume von einem Leben im Westen, von einer Karriere als Lehrerin oder die einer Fremdsprachenkorrespondentin werden sich nie erfüllen. Keiner wird nach ihren mathematischen Kenntnissen fragen. Sie wird Brennholz sammeln, Ziegen hüten und abends todmüde auf einem Lager

aus Stroh und selbst gewebten Decken einschlafen."

Lydia erhebt sich langsam und geht einige
Schritte im Raum auf und ab. Sie setzt sich
neben Jessy auf die Bettkante.

„Versprich es mir. Das dürfen wir niemals
zulassen!"

Jessy, die in diesem Augeblick so hilflos wie
selten wirkt, nimmt die Hand der Freundin
und legt sie an ihre glühende Wange.

„Vielleicht hat der Herr ein Einsehen. Ob er
nun Gott oder Allah heißt. Ich werde zu ihm
beten." Lydia nimmt sie liebevoll in die Arme
und Jessy umklammert sie, als würde sie vor
dem Ertrinken gerettet. Jessys Schluchzen tut
auch ihr in der Seele weh und sie ist froh, dass
sie schließlich vor Schmerz und Erschöpfung
in den Schlaf fällt. Vorsichtig, ohne sie zu
wecken, legt sie den Arm der Freundin zur
Seite.

Sie sieht hinaus in die Nacht. Der Himmel ist
sternenklar und Lydia muss daran denken, wie
sie in ihrer Kindheit mit Salvatore den Himmel angesehen hat. Er sagte immer:

„Der Mond ist der Vater der Sterne." Wenn
er nicht zu sehen war, sagte er dann: „Er arbeitet heute in der Spätschicht."

Als sie ihn nach seinem Beruf fragte, meinte
er: „Der Mond muss die Sonnenstrahlen, die
am Tag verloren gehen, einsammeln.

Sie haben sich hinter den Bäumen und Häusern versteckt. Die werden am Morgen wieder gebraucht, weil dann die Sonne nur wenig Kraft hat. Beim Flug durch die Nacht hat sie ja ihre restlichen Strahlen verloren und der Mond kann sie ihr dann am Morgen wieder zurückgeben."

Lydia sieht einen Stern vom Himmel fallen und denkt: „Ich habe eben einen deiner Sonnenstrahlen aufgefangen, kleiner Salvatore."

Endlich legt auch sie sich hin und schläft schnell ein.

Als sie am nächsten Tag erwachen, ist es seltsam still im Haus, keiner der Bewohner ist anwesend. Als sie den Wohnraum betreten, liegt ein Zettel auf dem Tisch.

Jessy liest vor: „Wir können euch nicht helfen, gute Reise, Allah möge euch beschützen." Sie lässt den Brief aus der ausgestreckten Hand auf den Boden gleiten.

„Sie haben Angst, ich glaube es ist besser, wenn wir verschwinden, sodass wir sie nicht in Gefahr bringen."

Sie legen einige Euroscheine für die Übernachtung auf den Tisch und verlassen schweigend das Haus. Eine Katze springt ihnen auf dem Weg zum Auto fauchend vor die Füße und Lydia lässt vor Schreck ihre Tasche fallen. Edgar hebt sie wieder auf und trägt sie den Rest des Weges zum Wagen.

Die Straße nach Erzurum führt zunächst durch dichte Waldgebiete, dann weiter nach Ispir durch ein zerklüftetes Felsenmeer bis hin zum ausgewaschenen Flussbett des Goru und dann wieder über eine steile Passstraße nach Erzrum.

Salvatore glaubt sich an einige Punkte zu erinnern, die er gesehen hatte, als er das letzte Mal hier war. Später merkt er jedoch, dass er sich getäuscht hat, denn schließlich fuhr er ja damals auf der Straße von Sivas direkt nach Erzurum.

Es fällt ihm ein, wie oft selbst der Taxifahrer nach dem Weg fragen musste. Am Nachmittag erreichen sie endlich die Kreisstadt. Hier sieht er auch wieder die Bushaltestelle, an der er mit Metin bei seiner Rückreise gewartet hatte. Hier musste auch Selda einige Zeit mit ihrer Tante gelebt haben. Der kleine Ort, in dem Aleyna und Selda geboren wurden, liegt nur noch wenige Kilometer entfernt. Wieder geht die Strecke durch eine wilde, aber reizvolle Landschaft. In der Ferne sieht man das Massiv des Berges Ararat, auf dem nach der Erzählung des alten Testamentes die Arche Noah gestrandet sein soll, nachdem sie die Sintflut überstanden hatte.

Während der Fahrt erzählt Jessy sehr ausführlich diese Geschichte, so wie sie ihr gelehrt wurde.

Sie fahren nun durch das weite Flusstal des Aras, der sich irgendwann mit dem Euphrat vereinigen wird. Im Städtchen Horasan muss auch Jessy nach dem Weg fragen. Am Nachmittag kommen sie in der kleinen Ortschaft, dem Ziel ihrer Reise, an.

Friedlich reihen sich die alten Häuser an einem Hang. Olivenbäume und Zypressen geben der Landschaft ein mediterranes Aussehen. In der Ferne pflügt ein Bauer sein karges Feld mit einem Ochsengespann. Als sie auf dem Dorfplatz anhalten, umreihen sie gleich einige Kinder, so wie sie es schon gewohnt sind.

Salvatore ist aufgeregt, seine Augen wechseln hin und her. Ungeduldig steigt er aus dem Wagen und wischt mit einem Tuch den Schweiß aus dem Gesicht. Er geht ein paar Schritte, bleibt dann stehen und sieht nach dem steinigen Weg, der zum Friedhof führt, dem Friedhof, auf dem Selda begraben liegt. Schwerfällig geht er weiter. Man sieht ihm den Schmerz an. Lydia folgt ihm in einiger Entfernung.

Salvatore kommt es so vor, als wäre es gestern gewesen, als sie zu Grabe getragen wurde. Gebeugt geht er an der grob aufgeschichteten Friedhofsmauer entlang. Er schiebt das eiserne Tor zur Seite und steht dann nach einigen Metern vor ihrem Grab. Es tut ihm weh die verwilderten Grabreihen zu sehen.

Kein Grabstein, keine Inschrift erinnert hier an seine Selda. Nur ein kleines Olivenbäumchen steht an der Stelle, an der sie liegt. Salvatore streicht mit der Hand über seine Blätter. Er wendet sich ab und bemerkt Lydia an seiner Seite. Vorsichtig nimmt sie seine Hand und sie gehen schweigend den Weg zurück.

Am Fahrzeug spricht Jessy mit einem jungen Mann. Er hat eine Sense dabei, die er lässig über der Schulter trägt. Sein kleiner Hund hat sich neben den beiden niedergelassen und lässt seinen Herrn mit keinem Blick aus den Augen. Jessy spricht mit ihm in einem seltsamen Dialekt.

Salvatore, der sich in den letzten Jahren schon einige Worte der türkischen Sprache angeeignet hat, kann ihnen jedoch nicht folgen. Beide reden sehr gestenreich miteinander und schließlich wirft der junge Mann seine Sense in die Ecke, so dass der Hund erschrocken zur Seite springt.

Als der Name Selda fällt, wird Salvatore hellhörig und sieht Jessy fragend an.

„Was weiß er über Selda?", fragt er sie fordernd.

Jessy hebt beruhigend ihre Hand. „Er ist einer von Seldas Brüdern, ich glaube, er hat uns einiges zu sagen."

Der Mann zeigt in die Richtung einer Reihe verfallener Häuser und bietet ihnen an, ihm zu folgen. Salvatore ist skeptisch. Er vermutet eine Falle, und wieder greift seine Hand nach der Brusttasche. „Ich glaube, wir können ihm vertrauen", sagt Jessy zuversichtlich.

„Ich habe ihm von Seldas Tod und Aleynas Entführung erzählt. Auch er ist sehr erschüttert von den Ereignissen." Schließlich stimmt er zu, dem Mann zu folgen.

Sie gehen den steinigen Weg zu Fuß und Edgar folgt ihnen mit dem Auto.

Sie kommen an ein steinernes Haus. Es ist umrandet von einem Lattenzaun. In einem Pferch blöken Schafe und ihre Lämmer. Zufrieden kaut ein grauer Esel an einem Maiskolben. Der Hund läuft voraus, um seine Herrin zu begrüßen. Er springt hoch an der jungen Frau und rennt dann wieder zurück, um seinen Herrn freudig anzubellen. Der Mann öffnet das Gatter, sodass Edgar in den Hof einfahren kann.

Als er aussteigt, eilen ihm schnatternd zwei Gänse entgegen. Sie wollen ihr Revier gegen den fremden Eindringling verteidigen. Bestimmt haben sie noch nie in ihrem Leben ein Auto aus der Nähe gesehen. Edgar bleibt lieber im Wagen sitzen. Die junge Frau verscheucht sie schließlich mit einem Reisigbesen. Nachdem sie schnatternd und beleidigt das Weite gesucht haben, zeigt sich Edgar in voller Größe. Lydia klatscht Beifall.

„Ich bin begeistert, mein Held!"

Die drei Frauen lachen und kichern wie kleine Kinder, aber Edgar versucht die Situation zu ignorieren.

„Schnepfen", sagt er gequält. „Wann habe ich es schon mal mit wild gewordenen Gänsen zu tun gehabt!" Beleidigt holt er sich aus der mitgebrachten Tüte eines der süßen Gebäckteilchen, was auch der Hund mit Interesse beobachtet. Er weicht von nun an nicht mehr von seiner Seite. Als er ihm ein Stück davon abgibt, ist dies die Geburt einer multikulturellen Freundschaft zwischen Hund und Mensch. Edgar streicht ihm mit seiner großen Hand über das Köpfchen und gibt ihm noch ein zweites Stück.

Der junge Mann winkt seiner Frau und schließt das Gatter. Sie lächelt freundlich zurück, versucht jedoch nicht allzu viel Zärtlichkeit in der Öffentlichkeit zu zeigen. Obwohl sie kein Kopftuch trägt, muss sie sich den Gesetzen der Gesellschaft unterziehen.

Sie setzt sich wieder auf den kleinen Schemel und greift nach der weißen Schüssel, in der sich ein geschlachtetes Huhn befindet. Sorgsam beginnt sie die Federn zu rupfen, dann nimmt sie Innereien heraus und wäscht es in frischem Brunnenwasser.

Der Mann bittet die drei Freunde in sein Haus. Der Wohnraum ist ein angenehmes, kühles Zimmer mit kleinen Fenstern. An den Wänden hängen glänzende Öllampen. Der Boden ist mit dicken Teppichen ausgelegt und es riecht angenehm nach Jasmin und Sandelholz. Der Mann schenkt ihnen Tee aus einem silbernen Gefäß in gläserne Schalen.

„Leider spreche ich nur unvollkommen ihre Sprache", beginnt er. In meiner Jugend habe ich mich sehr dafür interessiert. Auch konnte ich von meinen Onkel einige Sätze italienisch erlernen. Darum bitte ich Jasmina mich zu verbessern, wenn ich mich falsch ausdrücke oder nicht die richtigen Worte finde."

Salvatore nippt an seinem Teeglas. Seine Blicke schweifen durch den Raum und ruhen schließlich auf einem großen Bücherregal. Er sieht Werke von westlichen Schriftstellern neben anderen in kyrillischer Schrift, sowie muslimische Bücher. Er sieht Werke von Tolstoi, Kant, Hebel neben Lenin und Shakespeare. Darunter stehen noch dicke Bücher mit Reisebeschreibungen und Atlanten. Sie stehen Reihe an Reihe sorgsam aufgestellt in dem schweren Holzregal.

Auf einem kleinen Tisch liegt ein dicker Wälzer. Er ist aufgeschlagen und hat Schriftzeichen, die ihm vollkommen unbekannt sind.

Die Junge Frau betritt den Raum. Sie trägt eine Schale, auf der sich Nüsse und Obst häufen. Nachdem sie diese abgestellt hat, verneigt sie sich höflich und entschwindet genauso lautlos, wie sie gekommen ist. Der Mann erhebt sich und beginnt gestenreich zu sprechen:

„Ich möchte Sie noch einmal herzlich in meinen bescheidenen Räumen willkommen heißen. Es tut mir leid, dass wir uns unter diesen traurigen Umständen kennen gelernt haben und hoffe, dass ich Ihnen helfen kann." Edgar schätzt, dass der Mann viel mehr weiß, hofft aber, dass er auch auf ihrer Seite steht und nicht aus Angst ihren Fragen ausweicht, so wie die meisten Menschen in dieser Gegend.

Wie viel Macht muss dieser Sekier Solak haben, dass sich die Leute so vor ihm und seinen Handlangern einschüchtern lassen?

Der Mann nimmt eines der Bücher und legt es verschlossen auf seinen Schoß. „Ich möchte Ihnen etwas über meine Familie erzählen und hoffe, dass Ihnen danach einige Dinge klar werden und sich einige Fragen von selbst beantworten. In meiner Hand habe ich ein Buch, das man als Familienchronik bezeichnen kann. Ich glaube, dass Sie sich für einige Einträge interessieren. Sie wollen einige Dinge über die Hintergründe von Seldas Tod und Aleynas Entführung wissen. Zunächst möchte ich mich Ihnen vorstellen.

Mein Name ist Murat Gazi, der Sohn von Ismail Gazi und Bruder von Selda, die, wie Sie wissen, auf tragische Art den Tod gefunden hat. Metin Gazi ist ebenfalls mein Bruder."

Als Salvatore deren Namen hört schnellt er in die Höhe. Seine Stimme ist schneidend und seine Augen sind zu schmalen Schlitzen zusammengezogen. „Was weißt du davon?"

Lydia hält ihn auf und spricht beruhigend in ihrer Sprache mit ihm. Sie spürt, dass seine Nerven blank liegen. Sie kennt Salvatore gut und sie weiß, wie oft er unkontrolliert handelt. Sie legt ihm von hinten ihre Arme auf die Schulter und lässt die Hand auf seiner Brust ruhen.

Lydia spürt, wie sein Herz schlägt. Sie ist bestimmt der einzige Mensch, der Salvatore wirklich in die Seele schauen kann und kaum einem gelingt es so wie ihr, ihn vor seinen Überreaktionen zu bewahren.

Salvatore bewegt einige Male seine Arme auf und ab. Er hat bemerkt, dass ihm die Nerven durchgegangen sind und setzt sich wieder auf sein Kissen.

Murat fährt nach einer Weile fort und behält dabei Salvatore ständig im Blick. „Vor einigen Jahren wohnte ich für kurze Zeit bei meinem Bruder Metin in Deutschland.

Mein Visum war nur auf drei Monate befristet. Ich arbeitete illegal bei einer Reinigungsfirma und konnte mir so etwas Geld verdienen. Es war leicht verdient und mehr, als wenn ich hier ein ganzes Jahr arbeitete. Ich konnte es gut gebrauchen, denn ich studierte in Ankara. Das wenige Geld, das mir Vater schicken konnte, reichte sowieso nicht. Mein Ziel war Schullehrer zu werden."

Er öffnet sein Buch und zeigt danach einige Bilder aus dieser Zeit. Es sind Fotografien von einem Spaziergang am Rhein. Auf dem einen war auch Selda zu sehen. Salvatore erinnert sich, dass sie an einem Wochenende Metin in Düsseldorf besuchte. Sie erzählte ihm damals von ihren Brüdern und den beiden Neffen. Metins Frau hatte ihr ein wertvolles handgearbeitetes Kopftuch geschenkt, das sie immer in Ehren hielt, von Zeit zu Zeit anschaute, manchmal liebevoll darüber strich, aber kein einziges Mal trug.

Murat schließt den schweren Deckel des Buches und schenkt seinen Gästen Tee nach.

„Nach einem Monat beherrschte ich die deutsche Sprache so gut, dass ich mich wenigstens halbwegs verständigen konnte. Gerne wäre ich länger geblieben, aber die Wochen vergingen wie im Flug.

Dann kam an einem Abend der Anruf von meinem Vater. Zunächst war er sehr freundlich und es machte mich glücklich ihn zu hören und dass er sich die Mühe gemacht hatte. Er kannte sich nur wenig mit der modernen Technik und dem Telefonieren ins Ausland aus.

Nach einiger Zeit wurde seine Stimme jedoch sehr ernst. Er fragte nach Selda, wo sie wohnt, was sie arbeitet und nach ihrem Umgang. Er musste von ihrem Verhältnis zu Salvatore Wind bekommen haben." Kurz unterbricht er seine Erzählung.

„Ich denke, du bist Salvatore?" Er sieht ihn mit einem kurzen Blick an. „Natürlich bin ich Salvatore, was denkst du denn? Ich war mit ihr verlobt und wir hatten die Hochzeit vorbereitet."

Besorgt sieht Lydia nach ihrem Bruder, der nervös an seinem Glas nippt und sich eine Zigarette anzündet.

„Ich hatte natürlich keine Ahnung, wie Selda lebte. Er wollte schließlich Metin sprechen, aber auch der gab ihm keine Auskunft, die ihn zufrieden stellte. Immer wieder rief er nun an. Eines Tages verlangte er von mir, ich solle sie sofort nach Hause bringen, aber ich weigerte mich. Er sprach von Familienehre und Schande. Immer wieder begann er von Seldas Scheidung zu sprechen und dass sie mit einem

Ungläubigen zusammen lebt. Beim nächsten Telefonat drohte er mir, auch mich aus der Familie zu verstoßen, wenn ich mich seinen Anordnungen widersetzen würde. Er sagte: „Bring` mir Selda, tot oder lebendig!" Und legte auf.

Mir wurde eiskalt. Was hatte dieser Mann, der doch unser Vater war, nur vor? Einen Monat später, als ich wieder zu Hause war, erfuhr ich dann von Seldas Unfall."

Es ist plötzlich so still im Raum, dass man das Knistern der Öllampe hören kann. Die Flamme flackert kurz auf, als sich ein kleiner Falter in ihr verirrt. Salvatore hält sich die Hände vor das Gesicht und schüttelt langsam den Kopf. Unerwartet erhebt sich nun Edgar von seinem Platz, sein Kopf reicht fast bis zur Decke.

„Das war kein Unfall, das war heimtückischer Mord an einem jungen, unschuldigen Mädchen!" Er schlägt aus Wut mit der Faust an einen der Deckenbalken, so dass der Staub herunter rieselt. Ängstlich sieht Murats Frau zu ihm hinüber, sie hat nichts verstanden, was gesprochen wurde. Murat legt ihr beruhigend die Hand auf den Arm und sie geht nach draußen. Jessy folgt ihr und sie setzen sich in die Sommerküche, die nicht überdacht ist. Sie erklärt ihr nun ihre Situation und sie nickt ein paar Mal, als sie begreift.

Mit finsterem Blick setzt sich Edgar wieder auf seinen Platz und nach einem Moment beginnt Murat zögernd zu sprechen.

„Metin und ich erledigten die Formalitäten für Seldas Überführung in die Türkei. So hatte ich mir unser Wiedersehen nicht vorgestellt. Metin sprach in dieser Zeit nur wenig mit mir, Wenn ich ihn etwas über Vater fragte, wich er mir meistens aus oder er flüchtete in ein anderes Thema. Ich konnte sein Verhalten nicht verstehen. Heute weiß ich, dass er Angst vor Vater hatte."

Murat trommelt nervös mit den Fingerspitzen auf dem Einband des dicken Buches.

„Metin ist sieben Jahre älter als ich und weiß mehr über Vater und Seldas Jugend. Einmal sagte er zu mir: „Er hat seine Tochter nie akzeptiert, lieber wäre es ihm gewesen, sie wäre nie geboren."

„In der Zeit, als Selda heiratete, besuchte ich eine Schule in Erzurum, so bekam ich nicht viel mit von Seldas Rückkehr und ihrer Scheidung. Keiner der Verwandten wollte offen über die Ereignisse reden. Als ich eines Tages mit Vater in die Kreisstadt fuhr, sprach ich ihn darauf an. Sein Blick wurde starr und er bremste den Wagen heftig ab, sodass wir an der Seite zum Stehen kamen.

Nie hatte mich Vater so angesehen. Normalerweise war er sehr liebevoll zu mir. Er erfüllte mir jeden Wunsch, wenn es für ihn möglich war. Stolz war er auch über meine guten Schulnoten und seinen Freunden sagte er immer, dass ich einmal Arzt oder Lehrer werden würde.

„Deine Schwester hat sich schwer versündigt, mein Junge. Sie hat unsere Familie und ihren Ehemann verraten. Ich habe sie aus dem Haus geworfen. Sie ist jetzt mit ihrer Tante in Deutschland, ich will diese beiden Huren nie mehr wieder sehen."

Ich erschrak über Vater, der schwer atmend über dem Lenkrad lehnte. Schweißperlen standen auf seiner Stirn, als er wieder den Gang einlegte. Nie wieder wagte ich ihn nach Selda zu fragen. Schon bei unserer Rückkehr von Deutschland wurden Metin und ich kühl von ihm empfangen. Vater sprach kein Wort mit uns. Damals glaubte ich noch an die Lüge von Seldas Unfall. Erst später erfuhr ich den wahren Grund für ihren Tod.

Sekir Solak hatte alles im Alkoholrausch seinen Kumpanen erzählt. Keiner wagte es jedoch, ihn anzuklagen. Nach ihrer Beerdigung sprach ich die letzten Worte mit meinem Vater. Ich sagte: „Nicht Selda hat große Schuld auf sich geladen. Nein, du warst es."

Von diesem Moment an hatte ich natürlich nichts mehr von ihm zu erwarten und ich zog aus dem Elternhaus.

Ich kaufte von meinem ersparten Geld dieses Haus und lebte zunächst alleine. Mit Gelegenheitsarbeiten hielt ich mich über Wasser und konnte mir auch ein paar Tiere anschaffen. Den Traum von einem Studium konnte ich natürlich vergessen. Zwar hatte ich mir vorher schon einige wertvolle Bücher gekauft. Viele schickte mir auch Metin aus Deutschland, aber eine höhere Schule konnte ich mir nicht mehr leisten.

Eines Tages fragte mich der Vater von Neriman, ob ich seine Tochter heiraten wolle. Ich war erstaunt, denn ich kannte sie kaum. Als Kinder sind wir uns manchmal auf dem Schulweg begegnet. Zwei Wochen später lud er mich zum Opferfest in sein Haus ein. Es waren noch einige Verwandte anwesend.

Im Hof, der von einer Steinmauer umfasst war, brannte ein starkes Grillfeuer, vor dem zwei aufgespießte Ziegen brieten. Frauen brachten Gebäck, Süßigkeiten und Getränke zu den hölzernen Tischen und Bänken. Kinder rannten lärmend umher. Ihr müsst wissen, das Opferfest ist eines unserer größten Feste und es wird alles aufgetischt, was die Küche zu bieten hat.

In einer ruhigen Minute stellte mir der Mann seine Tochter vor. Sie war in Begleitung einer älteren Tante. Kaum hatte ich sie wieder erkannt. Sie war schlank und ihre großen Augen schauten durch einen hauchdünnen Schleier. Sie sprach kein Wort, aber ich fand sie sofort sympathisch.

Ich hatte schon ein seltsames Gefühl bei der Sache, denn ich wollte mir eigentlich schon selbst einmal meine Frau aussuchen und nicht nach der alten Tradition die Hochzeit von den Eltern aushandeln lassen.

Der Mann nahm mich später noch einmal zur Seite und wir konnten uns in Ruhe unterhalten.

„Gerne hätte ich vorher mit deinem Vater gesprochen, mein Junge", begann er. „Aber ich weiß ja, dass ihr alle Kontakte zueinander abgebrochen habt. Es tut mir weh, wenn ich das beobachte. Ein Vater sollte niemals seine Kinder verstoßen, selbst wenn sie ihm einmal wehgetan haben."

Ich überlegte, ob er etwas über Seldas Schicksal wusste, wollte aber auch nicht weiter fragen. Ich bat ihn stattdessen, mir etwas Zeit zum Überlegen zu geben.

Eigentlich hatte ich mich ja schon entschieden, aber ich fühlte mich irgendwie von ihm überrumpelt. Andererseits konnte ich ja nicht viel vorweisen. In meiner finanziellen Lage hatte ich kaum die Möglichkeit eine Familie zu gründen. Von der Seite meiner Familie aus war ja keinerlei Unterstützung zu erwarten.

Stattdessen schenkte uns ihr Vater ein Grundstück am Ende des Ortes. Die meiste Zeit des Jahres sprudelt hier eine Quelle. Sie ist von unschätzbarem Wert für uns." Er nimmt einen Schluck aus einem der kleinen Gläser und fährt fort: „Die Hochzeit wurde im zeitigen Frühjahr gefeiert und es kamen unzählige Leute. Auch solche, die ich nie im Leben gesehen hatte. Gerne hätte ich auch meine Familie dabei gehabt, aber Vater hatte es nicht zugelassen."

Murat schlägt wieder den Deckel seines großen Buches auf und zeigt einige Fotografien. Auf einem der Bilder ist eine Gruppe Frauen zu erkennen. Man sieht auch die kleine Aleyna. Salvatore hat sie sofort erkannt. „Ja, du hast Recht", sagt Murat. „Die Kleine ist Aleyna. Nachdem sie mit der deutschen Familie nach Istanbul und später nach Deutschland übersiedelte, habe ich sie nicht mehr gesehen." Wieder legt er das Buch zur Seite.

Salvatore erinnert sich an den Tag, den er mit Metin im Haus seines Vaters verbrachte. Es war der Tag nach Seldas Beerdigung, als er sie noch so freundlich aufgenommen hatte und danach so sehr enttäuschte: Aleynas Vater, der als Offizier jahrelang die Weltmeere befahren hatte. „Wie konnte er noch immer so engstirnig in den alten Traditionen denken? Wie kann er dem Bruder in seinem Handeln zustimmen und genau wie er seine Tochter von diesem Kriminellen entführen lassen?"

„Weißt du an welchem Ort sich Aleyna jetzt aufhält?", fragt er Murat.

Der hebt hilflos die Schultern. „Im Dorf geht das Gerücht um, sie sei in der Stadt, aber das glaube ich nicht. Sekir hat sie bestimmt auf dem schnellsten Weg zu ihrem Vater gebracht, um das Geld für seinen verwerflichen Handel zu kassieren.

Ich werde morgen zu seinem Haus gehen. Es ist eine gute Gelegenheit. Er will einige Ziegen kaufen. Es wird kaum auffällig sein, nur muss ich vorsichtig sein, denn Sekir ist in der Nähe."

Salvatore versteht nicht. Warum sollten sie jetzt noch lange zögern. Mit Sicherheit hat er doch ihre Ankunft bemerkt. Warum sollte man also wertvolle Zeit verstreichen lassen? Die Gedanken jagen ihm durch den Kopf, aber er versucht sich nichts anmerken zu lassen.

Die Vorstellung daran Aleyna am Ziel ihrer langen Reise doch noch zu verlieren, versetzt ihm heftige Schmerzen im Herzen.

Lydia beobachtet ihn. Sie kennt ihren Bruder zu genau. Sie kann sich denken, was in ihm vorgeht, wenn er mit gesenktem Kopf in eine Richtung sieht und seine Augen nervös zucken.

157

Kaum folgt er Murats Worten, der wieder sein großes Buch aufschlägt und einige vergilbte Fotos seiner Familie zeigt.

Meist sieht man alte Männer und Kinder. Selten eine Frau, die auch stets verschleiert ist.

Nach einer Stunde erhebt sich Murat und geht hinaus zu seiner Frau, um mit ihr ein paar Worte zu wechseln. Sie ist bei der Vorbereitung der Abendmalzeit. Edgar sieht nach draußen. Die Nacht ist sternenklar. Die gelbe Scheibe des Mondes erhebt sich über den schroffen Felsen des nahen Gebirges. Lydia steht am offenen Fenster und ihre Blicke treffen sich für einen Moment. Sie schenkt ihm ein Lächeln. Es ist das bezaubernde Lächeln, das Edgar so mag. Gern würde er sie jetzt einfach in den Arm nehmen, nach draußen gehen und mit ihr die Sterne zählen.

„Ob Edgar wohl irgendwann mehr von mir will als Freundschaft?", überlegt sie. Sie hat ein wohliges Gefühl in der Brust. „Wie ist er wohl als Partner? Auf keinen Fall ist er mit Ramon, ihrem geschiedenen Mann, zu vergleichen." Sie wundert sich über sich selbst, solche Vergleiche zu ziehen, aber seit sie Edgar kennt, fühlt sie keinen Schmerz mehr, wenn sie an Ramon denkt. Ramon, den sie einst abgöttisch verehrte, der sie aber immer wieder so sehr enttäuschte. Jedes Mal hat sie ihm verziehen, bis es ihr nicht mehr möglich war. Als sie ihn dann verließ, erschrak sie selbst über ihre Entscheidung und hätte sie am liebsten rückgängig gemacht, aber je mehr Ramon sie anflehte, sie nicht zu verlassen, desto mehr verlor sie die Achtung vor ihm. Nach ihrer Trennung brach sie alle Kontakte zu ihm und seinen Eltern ab.

Ein Jahr später erfuhr sie, dass sich Ramon in Deutschland aufhält. Lydia war gerade beim Abräumen der Kaffeetische, als Salvatore es ihr mitteilte. Er meinte: „Ramon arbeitet bei einem Kurierdienst. Vormittags kam er in seinen Gemüseladen und brachte ein Paket. Beide waren erstaunt über ihr unerwartetes Wiedersehen.

Freundlich sprachen wir eine Weile miteinander. Er sagte, dass er wieder geheiratet habe. Seine Frau habe eine gute Stelle bei einer französischen Bank. Sie stamme aus Luxemburg und an den Wochenenden würden sie meistens zu ihren Eltern fahren."

Salvatore wünschte ihm alles Gute, als er wieder ging. Hoffentlich lässt er jetzt endlich die Finger von den Spielkarten, dachte Salvatore, als sich der braune Kastenwagen entfernte.

Lydia ließ vor Schreck einen Stuhl umfallen. Salvatore stellte ihn wieder an seinen Platz. Ihre Finger zitterten ein wenig, aber sie hatte sich sofort wieder im Griff.

Sie besann sich kurz, sah Salvatore von der Seite an und sagte kalt: „Die Frau tut mir leid." Ohne noch einmal zurückzusehen ging sie hoch erhoben Hauptes in die Backstube. Auch Salvatore entfernte sich wieder aus der Bäckerei. Als er die Ladentüre schloss, hörte er noch ein lautes Scheppern von zerberstendem Porzellan.

„Besser wäre gewesen, ich hätte nichts gesagt", murmelt er unverständlich, öffnet die Tür zu seinem Gemüseladen, nimmt eine überreife Banane aus der Auslage und entsorgt sie in einem Mülleimer.

Edgar ergreift Lydias Hand. Sie steht noch immer in Gedanken versunken vor dem Fenster. Ein wenig erschrickt sie bei seiner Berührung. Sie lässt es aber geschehen.

In diesem Augenblick betreten Murat und seine Frau den Raum. Sie halten beide ein Tablett in den Armen und bitten die Gäste sich zu setzen.

Murats Frau hat noch ein zweites Huhn geschlachtet, so dass die Portionen für alle ausreichend sind. Für sie ist der Besuch der Fremden eine willkommene Abwechslung. Sie freut sich Menschen aus einem andern Land kennen zu lernen. Zwar versteht sie nichts von den Gesprächen, lauscht jedoch gespannt den Worten einer Sprache, die für sie in keiner Silbe einen Zusammenhang ergeben.

Zeitweise übersetzt ihr Jessy einiges von der Unterhaltung. Zwar kennt sie die dramatische Geschichte der beiden Familien und Seldas trauriges Schicksal. Im Dorf wird sie in allen Variationen erzählt, aber nie wird sie der Wahrheit entsprechend weitergegeben. Immer wieder werden eigene Meinungen hinzugefügt, andere wichtigen Tatsachen weggelassen und verdreht. Einige Male hat sie ihren Mann Murat schon darüber befragt, der wich ihr aber jedes mal aus und sagte dann: „Es ist besser, wenn du nicht zu viel weißt, glaube mir, es ist zu deinem Besten."

Sie ärgert sich dann über diese übertriebene Fürsorge, die er sie fühlen lässt, und dass eine Frau in einer Welt von selbstgerechten Männern immer wieder an Wände stößt.

Gegen Mitternacht verabschieden sich Lydia und Jessy. Murats Frau hat ihnen eine Schlafgelegenheit in einem der kleinen Zimmer des Hauses bereitet. Die Wände sind in hellblauer Farbe gestrichen. Die Decke ist mit Sonne, Mond und Sterne verziert und ein breites Bord selbst gemalter Bilder von Kindermärchen bildet einen bunten Reigen in der Augenhöhe eines Kindes.

Die beiden Frauen verstehen: Dieser Raum wird in ein paar Monaten ein Kinderzimmer sein.

Auch Edgar und Salvatore bekommen eine Kammer im Inneren des Hauses. Edgar hat schon bald seine Schlafstellung eingenommen und ist nach einigen Minuten in einer anderen Welt. Salvatore wundert sich immer wieder, wie Edgar von einer zur anderen Minute einschlafen kann. „So wie auf Befehl", denkt er.

Noch lange dreht er sich von einer auf die andere Seite. Die Gedanken um Aleyna lassen ihm keine Ruhe. Schließlich erhebt er sich wieder, greift nach seiner Tasche und holt sich eine Schachtel Zigaretten heraus. Ob er wohl eines Tages das Versprechen, das er Aleyna gegeben hat, halten kann und nicht mehr rauchen würde?

Einen Moment zögert er noch, dann steckt er sich die Schachtel in seine Hemdtasche, berührt mit den Fingern das kalte Eisen seiner Pistole und holt auch sie aus der Tasche. Entschlossen steckt er sie in seinen Hosengürtel und bedeckt sie mit der Jacke. Er sieht noch einmal nach Edgar und verlässt den Raum. Als er aus dem Haus schleicht wird der kleine Hund aufmerksam. Salvatore hebt den Zeigefinger und gebietet ihm, sich zu setzen, worauf dieser tatsächlich folgt.

Er legt sich wieder auf seine zerrissene Wolldecke, lässt Salvatore aber nicht aus den Augen. Erst als er aus seiner Sicht ist, rollt er sich zusammen. Seine Ohren sind jedoch immer noch aufmerksam nach oben gerichtet.

Salvatore steigt über das Holzgatter und geht ein Stück auf dem steinigen Weg, von dem sie gekommen waren. Die geisterhaften Gestalten der uralten Olivenbäume scheinen sich zu bewegen. Das schwache Licht verwandelt ihre knorrigen Äste in Furcht einflößende Arme und lässt in ihren Baumstämmen bizarre Gesichter erscheinen. Spinnennetze überspannen den Weg. Selten hat Salvatore diese Insekten größer gesehen als an diesem Ort. Ihn überläuft ein Schauer und er schließt seine Jacke, obwohl es nicht kalt ist.

In der Ferne sieht er das kleine Dorf, in dem noch wenige Lichter brennen. Nur in der Mitte des Dorfplatzes steht eine helle Laterne, die von Motten umlagert ist. Fledermäuse umfliegen sie lautlos, für sie ist es das beste Jagdrevier.

Salvatore setzt sich auf einen runden Felsstein und beobachtet das Schauspiel eine Weile.

Wieder erinnert er sich an den Tag bei Aleynas Vater, als er mit Seldas Bruder Metin dort übernachtete.

Nach einer Weile hört er in der Ferne das Geräusch eines näher kommenden Motorrades.

Der Scheinwerfer wechselt nach allen Seiten die Straße hinauf und das Heulen des Motors wird nach jeder Kurve stärker. Salvatore beobachtet seine Fahrt aufmerksam. Der Fahrer biegt in dieselbe Seitenstraße ein, in die auch er damals mit Metin gefahren war. Es ist die Straße zu Metins Onkel, also Aleynas Vater. Wer wohl zu dieser Stunde noch diesen beschwerlichen Weg nimmt, fragt er sich. Sofort hat er den Gedanken, es könnte etwas mit Aleyna zu tun haben.

Wie lange wird man zu Fuß unterwegs sein, um das Haus zu erreichen? Mit dem Motorrad braucht man kaum zehn Minuten. Er würde bestimmt mehr als eine Stunde benötigen. Er überlegt nicht lange und ist schon bald auf dem Weg. Seine Füße laufen wie von selbst. Irgendwann verliert er das Rücklicht des Fahrzeuges aus den Augen, aber seine Schritte werden immer schneller. Nach einer Weile merkt er jedoch, dass er das Tempo nicht halten kann. Ihm fällt die Warnung der Freunde ein, nichts alleine zu unternehmen, aber er will vorsichtig sein. Der Weg ist uneben und die Steigung macht ihm sehr zu schaffen. Das Herz schlägt Salvatore bis zum Hals und wieder verlangsamen sich seine Schritte, bis er dann endlich stehen bleibt.

Im Mondlicht sieht er auf dem Weg einen braunen Schatten. Es ist eine Schlange, die sich um eine der Baumwurzeln windet und dann in die Dunkelheit gleitet.

Jessy sagte: „Diese Schlangen sind ungefährlich für Menschen." Trotzdem hat er kein gutes Gefühl und er schüttelt sich angewidert, bis das Reptil endlich verschwunden ist. Zögernd setzt er seinen Weg fort und er hat bald die Anhöhe, von der er Aleynas Elternhaus sehen kann, erreicht. In einem der Räume brennt Licht. Schattenhafte Gestalten huschen vor der Lampe hin und her. Salvatore nähert sich allmählich und lässt dabei das erleuchtete Fenster nicht aus den Augen. Wer sind die nächtlichen Besucher und was wollen sie zu dieser Stunde von Aleynas Vater?

Ist es Sekir, der Schurke, der das Geld für Aleynas Entführung fordert?

Salvatore schleicht lautlos zum Fenster. Er fühlt kalten Schweiß auf dem Rücken und hört seinen Puls in den Ohren.

Im Raum vor ihm befinden sich drei Männer. Es ist Aleynas Vater. Man sieht ihm die Sorgen der letzten Monate an. Die grauen Haare reichen ihm bis auf die Schultern, sein Bart ist ungepflegt und seine Augen haben ihren Glanz verloren. Hinter ihm steht Seldas Vater, er hat noch den Motorradhelm in der Hand. Er musste der Fahrer des Motorrades gewesen sein.

Breitbeinig steht der dritte Mann im Raum. Es ist Sekir Solak. Sein rechter Arm trägt einen blutgetränkten Verband. Salvatore erkennt ihn sofort an der Narbe im Gesicht.

„So sieht also unser ärgster Feind aus", denkt er. Nie zuvor hatte er ihn gesehen, aber genau so hatte er ihn sich vorgestellt. Jetzt versteht er auch, warum die Leute ihn „Sekir, die Ratte" nennen. Salvatore muss sich bemühen ruhig zu bleiben, um nicht aufzufallen.

Die Männer reden leise und nach einiger Zeit holt Aleynas Vater ein dickes Bündel Geldscheine aus einer Schublade. Es handelt sich um türkische Lira. Er hält sie Sekir vor das Gesicht. Dieser sieht ihn verächtlich an. Sein Grinsen macht ihn noch unheimlicher.

Sekir spuckt auf die Erde, holt aus und schlägt ihm das Geld aus der Hand. Zahllose Scheine fliegen durch den Raum und bleiben wie Herbstlaub auf dem Fußboden liegen. Einige Sekunden herrscht unheimliches Schweigen, dann richtet sich Aleynas Vater in ganzer Größe vor Sekir auf. Er ist gut ein Kopf größer als dieser. Er sucht einen Gegenstand, mit dem er nach ihm schlagen kann.

Blitzschnell weicht Sekir zurück und hat eine blinkende Klinge in seiner linken Hand. Seldas Vater hält seinen Bruder von hinten an der Schulter und zieht ihn zurück, um ihn zu schützen. Der schlägt den Stuhl, den er zuvor

166

ergriffen hatte auf den Boden, sodass er in mehrere Teile zerbricht. Sekir weicht zurück, zu Tür.

„So wirst du deine Tochter nie mehr sehen", faucht er. „Gib mir das Geld in Euro, dann sehen wir weiter!" Er greift nach dem Türgriff, um zu gehen.

„Warte!", ruft Aleynas Vater. „Ich habe nicht so viel in dieser Währung!"

Sekirs Augen glänzen hinterhältig. „Verkauf doch eines deiner Grundstücke, wenn dir deine Tochter, die Christenhure, das wert ist."

Salvatore hat den Inhalt des Streites verstanden. Es geht also um den Judaslohn, über den sie sich nicht einig werden.

„Bring sie zu mir, ich will wissen, ob sie überhaupt noch lebt. Wenn nicht, wirst du keine Ruhe haben, so lange du in diesem Land lebst."

Einige Sekunden lang sehen sich die beiden Männer in die Augen. Aleynas Vater hält Sekirs schneidendem Blick stand, bis der sich schließlich abwendet und den Raum verlässt.

Salvatore in seinem Versteck tritt einige Schritte zur Seite, um nicht gesehen zu werden. Er fühlt sich so, als wäre er Zuschauer in einem Schmierentheater, aber er weiß auch, dass er sich in einem fremden Land befindet, in dem die Uhren nicht nur anders gehen als in Europa, nein, auch die Menschen, die sie

aufziehen und diese gelegentlich wieder anhalten, tun dies nach anderen Gesetzen.

Warum vergöttert ein Vater seine Söhne, die
vom gleichen Blut sind wie seine Töchter
mehr als diese? Kleine Fehler würde er ihnen
immer verzeihen, niemals aber den Töchtern.

Warum lässt ein Mann seine Frau fünf Schritte hinter sich gehen, eine Frau, die ihm seine
Kinder geboren hat und ihm die meiste Zeit
ihres Lebens die Arbeit abgenommen hat. Wie
würde es wohl später bei Murat sein. Würde
auch er irgendwann seine Familie unbarmherzig beherrschen?

Kann sich seine junge Frau einmal gleichstel-
len oder muss sie hoffen einen Sohn zu gebären, um einen höheren Stellenwert in der Familie zu erreichen? Ob der kleine Macho Harkan, der in Deutschland groß wird, schon
weiß, was auf ihn zukommt?"

Salvatore hebt die Hände vor das Gesicht und
reibt sich die Augen. Er sucht eine Nische in
der Dunkelheit, von wo er die Szene weiter
beobachten kann.

Sekir tritt von innen gegen die Tür und schreitet ins Freie. Noch immer hält er das Messer
in seiner Hand. Salvatore fragt sich, ob er damit schon ein Menschenleben beendet hat.
Der Mann bewegt sich in eigenartiger,
schleppender Weise. Vielleicht hat er sich bei
seinem Unfall noch andere Verletzungen zu-

gezogen. Salvatore folgt ihm gebückt. Er hat die Hand an der Waffe, die noch in seinem Gürtel steckt. Das schwache Licht beleuchtet sein finsteres Gesicht. Salvatore hebt den Kopf ein wenig, da spürt er einen dumpfen Schlag auf seinen Hinterkopf. Er sieht Blitze vor seinen Augen und die Welt scheint sich in Zeitlupe zu entfernen. Bevor er das Bewusstsein verliert, sieht er noch, wie ein zweiter Mann das Weite sucht.

Bei Sonnenaufgang betritt Murat die Schlafkammer von Salvatore und Edgar. Edgar ist gerade aufgewacht und er sieht ihn fragend an. „Wo ist dein Freund?", fragt er kurz.
Edgar reibt sich die Augen und kratzt sich am Bein.
„Ist er nicht da?"
„Ich glaube nicht. Sein Bett ist leer und seine Kleider sind weg." Edgar sieht hin und her.
„Scheiße", sagt er. „Der ist schon wieder alleine losgezogen." Im gleichen Moment erscheinen auch Lydia und Jessy in der Tür.
„Salvatore ist weg", platzt Lydia herein. Ihre Augen sind weit aufgerissen. „Warum tut er das. Ich denke, wir haben uns darauf geeinigt, dass keiner von uns etwas alleine unternimmt. Warum rennt dieser Idiot schon wieder ohne uns los?"

Edgar bemüht sich sie zu besänftigen, aber sie reißt sich los und geht nach draußen, bis hin zum Brunnen, an dem sie sich fallen läst.

Als sie die Aussichtslosigkeit ihrer Handlung erkennt und wieder aufstehen will, setzt sich Murats kleiner Hund an ihre Seite und schaut sie mit großen Augen an. Sie streicht ihm liebevoll über den kleinen Kopf. Der leckt ihr dankbar die Hand und als sie wieder zum Haus kommt, begleitet er sie im Rückwärtsgang bis zur Tür.

„Lasst uns zu Aleynas Elternhaus fahren", sagt Edgar. „Ich habe das Gefühl, dass er dorthin wollte. Hoffentlich ist es nicht schon zu spät."

Sie steigen in den Wagen und fahren den schmalen Weg zur Anhöhe. Steine spritzen zur Seite und eine Staubwolke wirbelt hinter dem schweren Wagen her. Er stoppt das Fahrzeug, als sie das Haus vor sich erblicken. Friedlich liegt es da, umgeben von einer Gruppe Zypressen. Hell leuchten die Früchte der Zitronenbäume. Eine Kuh döst friedlich mit ihrem Kalb auf einer bunten Wiese und eine Ziege streckt sich nach den herunterhängenden Blättern eines Baumes. Edgar setzt den Wagen wieder in Bewegung und bleibt dann vor der Einfahrt stehen. Sie sehen zur geöffneten Eingangstür. Nichts rührt sich, so steigen sie, einer nach dem anderen, aus dem Fahrzeug.

Murat betritt als erster das Haus und geht in den Wohnraum. Er sieht den zertrümmerten Stuhl auf dem Fußboden. „Das Haus ist scheinbar fluchtartig verlassen worden. „Es muss einen Streit gegeben haben", sagt er zu den anderen.

Schon wollen sie den Raum wieder verlassen, da sieht Jessy zwei leuchtende Augen in einer Ecke und geht auf sie zu. Die Augen bewegen sich hin und her.

Jessy erkennt eine kleine verschleierte Gestalt. Sie sitzt mit verschränkten Beinen im Inneren einer dunklen Ecke auf einem Schemel und nickt mit dem Kopf hin und her. Als sich Jessy ihr nähert, rutscht ihr der Schleier vom Gesicht und sie lächelt aus ihrem zahnlosen Mund. Jessy versucht einige Worte mit ihr zu wechseln, aber sie ist nicht ansprechbar. Auf ihre Fragen antwortet sie nur mit unverständlichen Lauten.

„Arme, alte Frau", denkt sie. „Was sie wohl schon alles in ihrem Leben geschen hat?" Lydia erinnert sich daran, dass Salvatore von seiner Übernachtung in diesem Haus erzählte. Er sprach von einer alten Tante, die sich hier im Haus aufhielt. „Ob sie es ist?" Sicher könnte sie etwas vom vergangenen Abend erzählen, wenn sie es sich behalten hätte, was

171

vorgefallen war. Jessy schenkt ihr ein Getränk ein, das auf einem der Tische steht, verneigt sich dann ehrfurchtsvoll vor der alten Frau und sie verlassen schweigend den Raum.

Während dessen hat sich Edgar im äußeren Bereich umgesehen. Er ist fest entschlossen alles zu durchsuchen und nicht eher zu gehen, bis er den Freund gefunden hat. Er nimmt jeden Winkel in Augenschein. Stunden vergehen und die Sonne wird unbarmherzig. Es ist noch immer keine Spur von Salvatore zu sehen. Erschöpft lehnen sich Murat und Edgar an einen Zaun und sie sehen sich fragend an. Als sie sich erheben wollen, hören sie ein leises Geräusch.

Es ist Murats kleiner Hund. Er war ihnen den ganzen Weg gefolgt. Mit einem leisen Piepser legt er sich den beiden zu Füßen und öffnet sein Maul. Ein kleines Stück Pappe kommt zum Vorschein. Edgar nimmt es in seine Hand und faltet es auseinander. Es stammt von einer Zigarettenschachtel und zwar von Salvatores Marke.

Der Kleine erhebt sich wieder, gibt einen Laut von sich, wedelt mit dem Schwanz, dreht sich dreimal im Kreis und rennt in eine bestimmte Richtung. Nach einigen Sekunden kommt er wieder zurück und bellt die Beiden aufgeregt an. „Hey, Kleiner, wo hast du das her?", sagt Edgar und rennt ihm hinterher. Auch Jessy und Lydia haben das Schauspiel beobachtet und folgen ihnen. Sie haben Mühe dabei, aber der Kleine bleibt immer wieder stehen und fordert sie mit lautem Bellen auf weiter zu gehen. Schließlich hält er an einem verfallenen Unterstand. Edgar schiebt ein Gatter zur Seite und einige Schafe kommen ihm entgegen.

Da sieht er Salvatores Stiefel in einem Distelstrauch und hebt ihn auf. Der Kleine gibt noch einen kurzen Laut von sich und verschwindet in einem Loch, das mit Reisig überdeckt wurde. Edgar nimmt die Zweige weg und entdeckt Salvatore in jämmerlichem Zustand.

Hände und Füße sind mit Stricken gefesselt. Sein Hemd ist schweißdurchnässt. In seinem Mund steckt ein Knebel, von Speichel und Blut durchtränkt. Edgar ist geschockt. „Ob er noch lebt?", geht es ihm durch den Kopf. Er dreht ihn vorsichtig um und vernimmt ein schwaches Stöhnen. Danach nimmt er ihm das Tuch aus dem Mund. Es klebt vom angetrockneten Blut an seinen Lippen. Salvatore fehlen einige Schneidezähne.

Lydia kann einen kurzen Schrei nicht verhindern und schlägt die Hände vors Gesicht.

Als Salvatore die Augen öffnet sind seine ersten Worte, die er mühsam hervorbringt: „Wasser, gebt mir Wasser", und er fällt wieder benommen zur Seite. Jessy hat noch kalten Tee, den sie in einer Plastikflasche bei sich trägt. Sie kniet sich sofort zu ihm hinunter und benetzt damit seine aufgeplatzten Lippen. Salvatore öffnet daraufhin wieder seine Augen und sie kann ihm etwas Flüssigkeit einflößen. Hastig fängt er an zu trinken und muss husten, was ihm scheinbar schwer fällt.

Edgar beginnt nun seine Fesseln zu öffnen. Sie haben sich in seine Haut eingeschnitten und tiefe Striemen hinterlassen.

Lydia hält vorsichtig seinen Kopf und legt ihm ihre Jacke darunter.

„Wir müssen ihn in den Schatten legen", sagt Edgar und zu dritt heben sie ihn hinter eine Bretterwand neben dem Ziegenstall. Nach einer Weile beginnt Salvatore zu sprechen. Der geschwollene Mund bewegt sich zitternd. Speichel und Blut fließen ihm an den Wangen herunter. „Sind sie noch da?", fragt er und sie sehen die Angst in seinen Augen.

„Sie müssen zu zweit sein. Der eine hat mich von hinten niedergeschlagen, dann haben sie mich in dieses Loch geworfen, wie Dreck!" Er wischt sich mit dem Handrücken über das brennende Kinn und tastet mit der anderen Hand an seinen Hosenbund, an dem er seine Pistole vermutet.

„Die haben sie mir auch abgenommen", murmelt er. Er hätte es jedoch lieber nicht gesagt. Lydia sieht Edgar fragend an.

„Was meint er damit?", will sie wissen und greift nach seiner Hand. Edgar wendet sich ab, warum sollte er von der Pistole erzählen und sie noch mehr beunruhigen?

Salvatore beginnt nun zögernd von seinem nächtlichen Ausflug zu erzählen. Schließlich warnt er: „Dieser Sekir ist nicht alleine. Er hat überall seine Helfer."

Edgar nickt. „Wir müssen erst einmal wegkommen von hier. Ich werde den Wagen holen." Er erhebt sich. Der kleine Hund folgt ihm unaufgefordert. Beide entschwinden nach der nächsten Kurve aus dem Sichtfeld der anderen.

Nach einigen Minuten gibt der Kleine einen kurzen warnenden Laut von sich und stellt seine Ohren auf. Edgar hält inne und sieht ins Tal. Da ertönen zwei Schüsse, kurz hintereinander. Im Tal sieht er drei Männer. Der eine ist Murat. Er trägt eine lange Jagdflinte. Die beiden anderen flüchten und erreichen nach einigen Metern den weißen Mercedes, den sie sofort starten und entkommen. Murat schießt noch einmal hinter ihnen her, trifft jedoch nur den Ast einer alten Eiche. Edgar hatte gar nicht bemerkt, dass Murat sich entfernt hatte. Um sich bemerkbar zu machen, ruft er laut nach ihm und schwenkt in weitem Bogen seine Jacke durch die Luft.

Als Murat ihn sieht, winkt er mit der Flinte und jagt noch einen vierten Schuss in die Luft. Die beiden Männer laufen einander entgegen und treffen sich auf halber Höhe des Weges.

„Beinahe hätte ich ihn erschossen", sagt er außer Atem. „Sicher wollten sie zu meinem Onkel, der aber nicht im Haus ist. Die beiden kamen mir entgegen. Der eine hatte eine Pistole in der Hand. Als ich nach ihnen schoss sind sie geflüchtet." Beide sehen noch in der Ferne eine Staubwolke und das leise Brummen des Wagens der beiden Flüchtenden.

„Wir müssen schnell mein Auto holen", unterbricht Edgar den aufgeregten Murat. „Salvatore ist verletzt. Er liegt dort oben bei der Hütte. Die Frauen sind bei ihm und sie brauchen unbedingt Wasser." Er bittet ihn nach ihnen zu sehen, bis er zurück ist.

Rasch entfernt er sich und als er das Haus von Aleynas Vater erreicht, kommt ihm Murats Frau entgegen. Sie will ihm etwas erklären, was er jedoch nicht richtig verstehen kann. Es muss etwas mit Aleyna zu tun haben, denn mehrmals spricht sie ihren Namen aus. Sicher weiß sie etwas über ihren Aufenthaltsort und ihren Zustand. Edgar öffnet die vier Türen und den Kofferraum des Wagens. Ihm schlägt Gluthitze entgegen. Schnell holen sie noch einen Kanister Wasser vom Brunnen und hängen ein paar Leinentücher, die zum trocknen aufgehängt waren, ab. Nach kurzer Fahrt sind sie dann wieder am Ziegenstall.

Salvatore sitzt aufrecht an der Bretterwand und massiert seine geschwollenen Handgelenke. Edgar nimmt den Plastikkanister aus dem Wagen und jeder kann etwas von dem kühlen Nass trinken.

Lakonisch bemerkt Salvatore mit schwacher Stimme: „Hätte nie gedacht, dass pures Wasser so viel Lebensfreude bereitet." Ein Lächeln geht über Lydias Gesicht. „Gott sei Dank. Wenigstens seinen Humor hat er noch behalten, wenn ihm auch ein paar Zähne fehlen." Salvatore rollt mit den Augen und winkt mit der Hand ab. Er weiß nicht, ob er lachen oder weinen soll. Mit einem feuchten Tuch wischt er sich über das brennende Gesicht.

Nun beginnen die Freunde ihn vorsichtig in den Wagen zu heben. Da nicht alle in den Wagen passen, steigt Murat in den geöffneten Kofferraum und hält seine lange Flinte nach oben. Nach einem eleganten Sprung in die Arme seines Herrn hat auch der kleine Hund einen Platz im überfüllten Fahrzeug gefunden. Lydia versucht auf der Rückbank Salvatores Kopf so ruhig wie möglich zu lagern. Auf dem Beifahrersitz hat Jessy Murats Frau auf dem Schoß. Die Beiden sprechen in dem ungewöhnlichen Dialekt, der hier verbreitet ist. Immer wieder fällt Aleynas Name.

177

Endlich kommen sie zu Murats Haus und sie können Salvatore in einem kühlen Raum unterbringen. Lydia weicht nicht von seiner Seite und nach kurzer Zeit fällt er in einen fiebrigen Schlaf. Seine geschlossenen Augenlider zittern und seine rechte Hand zuckt so wie bei einem schlechten Traum.

Die anderen haben sich im großen Wohnraum versammelt. Noch immer sprechen Jessy und Murats Frau über Aleynas Verbleiben. „Sagt schon, was wisst ihr über Aleyna?", fragt Edgar nervös. Nach kurzem Zögern erklärt Jessy: „Sie hat mir gesagt, dass eine Nachbarin Aleyna gesehen hätte. Sie habe beobachtet, wie zwei Männer sie zur alten Moschee in den Bergen gebracht hätten, fünf Kilometer von hier in einem verlassenen Dorf. Sie führt oft ihre Schafe an diese Stelle. Als sie ihnen Wasser bringen wollte, habe sie beobachtet wie die beiden Männer sie mit Gewalt in den verfallenen Turm zerrten. Danach hätten sich die Beiden entfernt und sie hätte noch lange Hilfeschreie aus dem Gebäude gehört." Edgar unterbricht sie.

„Warum hat sie ihr nicht geholfen?" Jessy sieht ihn erstaunt an und schüttelt mit dem Kopf. „Sie hatte eben Angst und ist zu ihrem Mann gerannt, der verbot ihr aber darüber zu sprechen. Verstehst du, die haben doch alle

Panik vor diesen Verbrechern. Sie musste ihm versprechen nichts weiterzusagen."

Edgar geht nach draußen zu Murat, der gerade die Tiere in den Stall bringt. Er will ihn nach dem verlassenen Dorf mit der verfallenen Moschee fragen.

„Es sind etwa fünf Kilometer bis dorthin", sagt Murat. „Man kann den Ort nur zu Fuß erreichen. Ich war lange nicht mehr dort. Kaum ein Mensch hält sich gerne hier auf. Die Einwohner im Ort starben vor zweiundzwanzig Jahren an einer seltsamen Krankheit. Ein Fremder hatte die Seuche mitgebracht. Man sagt, dass er aus Georgien über die sowjetische Grenze gekommen wäre. Zunächst bekamen die Menschen nur eine leichte Grippe, die sich dann bei fast allen Bewohnern des Ortes ausbreitete. Die Alten und Schwachen starben zuerst. Was zunächst für eine harmlose Erkältung gehalten wurde, entpuppte sich als die schlimmste Epidemie, die das Dorf je erlebt hatte; es starben schließlich fast alle Bewohner. Selbst Ärzte aus Ankara, die für solche Krankheiten ausgebildet waren, konnten dies nicht verhindern. Die Menschen der Umgebung scheuen sich seit dieser Zeit diesen Ort zu betreten. Manche sagen: Die Seelen der Verstorbenen fänden dort noch immer keine Ruhe und irrten in den Nächten umher."

Murat schiebt die letzten beiden Tiere in den
Verschlag und überlegt. „Sekir denkt sicher,
ein gutes Versteck für Aleyna gefunden zu
haben, weil sich keiner dorthin traut." Er legt
den groben Riegel um und legt seine Hand
auf Edgars Schulter. „Wir dürfen keine Zeit
verlieren. Lasst uns nachsehen, was dort vor
sich geht. Vielleicht ist es noch nicht zu spät."
Er geht ins Haus, um einige Sachen einzupa-
cken. Eine Wasserflasche, Verbandszeug, eine
Taschenlampe und Munition für seine Flinte,
die er sich über die Schulter wirft, so als wollte er zur Jagd aufbrechen.
Edgar spricht noch einige Worte mit Lydia. Er
bittet sie Salvatore nichts von ihrem Vorhaben
zu sagen. Sie nimmt ihn in die Arme und
drückt ihn zärtlich an sich. Eine Träne läuft
über ihre Wange. „Bitte sei vorsichtig. Ich
will dich nicht verlieren." Dann haucht sie
ihm noch einen Kuss auf die Lippen.
Murat wartet schon in der Tür auf Edgar. Der
nimmt seine Jacke vom Stuhl und folgt ihm in
die beginnende Dämmerung. Er hat Mühe ihm
zu folgen, aber Murat hält immer wieder kurz
an. Joggen ist nicht gerade meine Stärke,
denkt er, versucht sich aber der Geschwindigkeit anzupassen.
Wie ein schwarzer Umhang fällt die Dunkelheit über sie herein. Es war kaum ein Über-
gang von Tag und Nacht zu bemerken. Nur

ein fahler, schmaler Streifen Licht ist noch für einige Minuten im Westen zu sehen.

Murat verlangsamt seine Schritte. „Gleich wird der Vollmond hinter den Felsen aufgehen", sagt er. „Dann kommen wir besser voran." Er setzt zielsicher seinen Weg fort.

Seine Bewegungen gleichen denen einer Katze in der Dunkelheit. Edgar kommt es wie eine Ewigkeit vor, bis endlich eine schmale Scheibe Licht über dem Rand der Felsen auftaucht. Schon kann man schemenhafte Konturen der Umgebung sehen und die Scheibe des Mondes scheint sich allmählich um das Mehrfache zu vergrößern. Nie hat Edgar ihn so gesehen. Deutlich sind auf ihm die Krater und Mare zu erkennen. Die Landschaft liegt in einem märchenhaften, unwirklichen Licht.

Sie halten eine Weile an und lauschen in die Stille. Deutlich spürt Edgar den Puls in seinen Schläfen. Nach kurzer Pause gehen sie weiter. Was würde sein, wenn sie die Kerle antreffen, überlegt Edgar. Wird es zu einer Schießerei kommen, oder flüchten sie feige, so wie zuvor? Tun sie Aleyna etwas an, bevor sie eingreifen können? Der Gedanke daran beschleunigt seinen Schritt und er schnauft schon bald wie eine Lokomotive.

Murat sieht unruhig nach allen Seiten und nimmt seine Flinte von der Schulter. In der Ferne sieht man einige Häuser des verlassenen Dorfes. Die meisten Dächer sind schon eingefallen und es stehen nur noch die Grundmauern. Auch das Minarett der runden Moschee ist zur Hälfte eingestürzt und die Kuppel des Gebetshauses hat ein großes Loch, so wie nach einem Bombenangriff. Fledermäuse schwirren lautlos umher und ein kalter Hauch fährt Edgar über den Rücken. Ein schauerlicher Ort, denkt er. Wieder fallen ihm Murats Worte von den verlorenen Seelen, die hier keine Ruhe finden, ein. Er zieht seine Jacke zu und folgt Murat, der wieder einige Schritte voraus gegangen ist. Plötzlich hören sie das schlagen von Hufen auf dem steinigen Boden. Es sind Rehe, die aufgeschreckt wurden. Sicher nicht von ihnen, denn sie kommen direkt auf sie zu gelaufen. Erst als sie die Witterung der Männer aufgenommen haben, drehen sie ab in eine andere Richtung.

Die beiden lassen sich fallen, aber ihre Blicke sind auf das Dorf gerichtet. Edgar will sich gerade wieder erheben, geht aber sofort wieder in die Knie, als er zwei Gestalten auf einem freien Platz bemerkt. Murat berührt seinen Arm.

„Der eine Mann ist mein Vater, der andere mein Onkel", flüstert er. „Die beiden suchen auch nach Aleyna. Lass uns abwarten, was passiert." Wie Schatten schleichen die beiden Brüder von einem Haus zum nächsten und die

Lichtkegel der Taschenlampen huschen hin und her. Schließlich gelangen sie an den Dorfplatz und verweilen einen Moment. Aufgeregt sprechen sie miteinander, aber man kann aus der Entfernung nichts verstehen.

Da fällt ein Schuss. Er zerreißt die Stille und ein Echo folgt mehrmals, so wie bei einem Gewitter.

Edgar und Murat fahren zusammen, obwohl ihnen der Anschlag offensichtlich nicht gegolten hat. Vorsichtig hebt Edgar seinen Kopf wieder aus der Deckung. Die beiden Brüder haben sich hinter eine Steinmauer geflüchtet. Es herrscht lange Zeit Stille, da dringt eine schneidende Stimme durch die Nacht. „Hast du das Geld?" Wieder ist es ruhig und man könnte eine Nadel fallen hören. Zögernd kommt dann die Stimme von Aleynas Vater aus dem Versteck: „Lass uns reden, ich habe dabei, was du verlangst. Hol aber erst meine Tochter!"

Wieder herrscht langes Schweigen. Edgar hat gute Sicht auf die Szene, die sich unter ihnen abspielt. Der Vollmond beleuchtet den Ort wie bei einem gespenstischen Schauspiel und das Stück lässt ihm beinahe das Blut in den Adern gefrieren.

Murat hebt eine Hand und fordert ihn auf sich ruhig zu verhalten. Dann entfernt er sich, ohne Edgars Einwand zu akzeptieren. Die Flinte im

Arm und zu allem bereit nähert er sich den ersten Häusern. Noch bieten ihm die Büsche eine gute Deckung und er kann unbemerkt eine der Ruinen erreichen.

Sie ist nur fünfzig Meter von der Moschee entfernt. Da sieht er Sekir mit Salvatores Pistole in der linken Hand. Einige Meter hinter ihm hockt einer seiner Kumpane. Auch er hat eine Waffe. Murat bemerkt nicht, dass auch Edgar sich über einen Umweg der Moschee nähert. Er kann durch eine eingefallene Stelle der dicken Mauer ins Innere des Turmes gelangen. Nur wenig Mondlicht dringt durch das Loch im oberen Teil des Gebäudes. Er tastet sich über Holzbalken und Trümmer. Es riecht streng nach Schaf- und Ziegenkot. Die Tiere halten sich hier auf, um die Mittagshitze zu überstehen. Gern würde er die mitgebrachte Taschenlampe anknipsen, da hört er von einer Empore ein leises „Psst."

Zunächst hält er es für das Zischen einer Schlange, die es hier häufig gibt, dann hört er ganz leise seinen Namen flüstern.

„Edgar, Edgar, ich bin hier." Er sieht eine kleine zusammengekauerte Gestalt. Nur die Augen leuchten in der Dunkelheit. Gott sei Dank, sie lebt, fällt es von ihm ab.

Auf Händen und Füßen schleicht er über die brüchige Treppe zu der kleinen Plattform und nimmt Aleyna in die Arme. Ihr laufen die

Tränen über das Gesicht und ein Weinkrampf erschüttert ihren zierlichen Körper.

Edgar streicht ihr mit seinen großen Händen über die Haare und sie drückt sich wie ein kleines Kind Hilfe suchend an seine Brust. „Was hat er dir nur angetan, Kleine?", sagt Edgar und nimmt ihre Hände. Man hat sie mit einem groben Strick an eine Eisenschlaufe angebunden. Er bemüht sich den Knoten zu lösen, was ihm aber nicht gelingt, sodass er ihn mit seinem Taschenmesser durchschneidet. Edgar gibt ihr dann von seiner Wasserflasche zu trinken. Sie leert sie wie eine Verdurstende.

„Wir müssen weg von hier", flüstert Edgar. „Die werden bestimmt gleich hier sein." Er führt sie über die schmale Treppe zurück zum Hinterausgang der Ruine, bringt sie dann zu der Stelle, an der er sich von Murat getrennt hatte und bittet sie, sich ruhig zu verhalten. Egal was auch passiert.

„Es wird alles Gut", sagt er väterlich zu ihr, aber sie nickt ängstlich.

Nun geht er wieder zurück in den Turm, dort wo er Aleyna gefunden hatte. Er greift nach einem handlichen Brett, und schwingt es ein paar Mal hin und her. „Du kannst mir vielleicht gute Dienste leisten", sagt er und streicht liebevoll über das Holz. Nun lässt er sich nieder und wartet auf das, was geschieht.

Durch ein Loch in der Mauer kann er auf den Dorfplatz sehen. Sekir sitzt am Brunnen, der schon seit langem versiegt ist, aber noch immer genügend Feuchtigkeit für einige Pflanzen und Bäume bietet. Er wickelt umständlich den durchtränkten Mullverband seines verletzten Armes neu.

Der hat sicher höllische Schmerzen, denkt Edgar, ohne dabei Mitleid zu empfinden.

Als die beiden Brüder zögernd näher kommen hält Sekir ihnen die Waffe entgegen. „Versucht keine Tricks", sagt er warnend.

„Die Kleine ist schneller tot als ihr denkt. Also komm näher und zeig mir das Geld!"

Aleynas Vater fällt es schwer die letzten Meter zu gehen und sein Bruder führt ihn das letzte Stück. Aus einem Lederbeutel nimmt er eine handvoll Scheine und hält sie in die Höhe.

„Hier ist alles, was du verlangst. Hol` jetzt Aleyna!"

Sekir scheint einverstanden zu sein, obwohl er er mehr in diese Aktion investierte, als er sich je gedacht hatte. Die versuchte Entführung von Selda hätte ihn beinahe ins Gefängnis gebracht und fast ein Auge gekostet. Wenn die deutschen Behörden nicht geschlafen hätten, wäre er sicher nach seiner Abschiebung im türkischen Knast gelandet. Bei Aleynas Entführung hatte er auch nicht mit diesem massiven Widerstand des Italieners und seiner Freunde gerechnet. Er sieht nach seinem Kumpanen und zischt ihm kaum hörbar zu: „Hol die Kleine her!"

Der gehorcht und murmelt kaum verständlich: „Hoffentlich lebt sie noch." Sekir faucht ein paar Worte in seine Richtung und der bewegt sich etwas schneller zur Moschee.

Edgar beobachtet Sekirs Schergen, der sich in der Dunkelheit eine Zigarette anzündet und näher kommt. Er verfolgt mit den Augen die schwache Glut. Gleich würde er versuchen, Aleyna von dem Eisen abzuschneiden und nach draußen zu bringen.

Edgar hebt das Brett auf, das er gefunden hat und nimmt es noch etwas fester in seine Hände. Schon hört er den Mann, der ihm ahnungslos entgegen kommt und holt aus. Als er zuschlägt sieht er noch seine weit aufgerissenen Augen. Die Glut der Zigarette fliegt in hohem Bogen durch die Luft und erlischt nach einigen Sekunden auf dem Fußboden. Der Mann stürzt wie ein Stein und landet mit einem hellen Schrei in der Tiefe, wo er dann stöhnend liegen bleibt.

Edgar sieht nach draußen. Sekir wird nervös, er hat den Schrei gehört und fuchtelt mit der Pistole hin und her. „Was ist das für ein Spiel, was habt ihr vor?" Er springt auf. Blut dringt aus seinem verletzten Arm. Die beiden Brüder versuchen zu flüchten und Sekir schießt drei Mal nach ihnen, aber die Kugeln verfehlen ihr Ziel. Ein viertes Mal zielt er genauer, aber nur ein leises Klicken ist zu hören, die Patronen sind alle verschossen. In seiner Wut wirft er den beiden das Eisen hinterher, trifft jedoch nur einen Felsen. Schnell greift er nach seinem Messer und will den beiden folgen. Er will das Geld. Wie ein Wahnsinniger rennt er ihnen nach. Kaum spürt er noch seine verletzten Glieder.

Murat hat alles aus seinem Versteck gesehen und den Lauf seiner Flinte auf ihn gerichtet. Er müsste nur abdrücken und ihn wie einen Hasen erschießen, aber er zögert. Es ist wohl nicht dasselbe, denkt er und verliert ihn auch schnell aus dem Ziel. Langsam senkt er das Gewehr und sichert die Waffe ab.

Er ärgert sich. Warum hat er nur gezögert? Mit einem Schuss hätte er alles erledigt. Mit diesem Schuss hätte er eine Bestie beseitigt, die einen ganzen Landstrich in Angst und Schrecken hält. Viele würden ihm dafür dankbar sein, anständige Menschen, die durch ihn Hab und Gut verloren haben. Keiner würde für diesen Mann nur ein gutes Wort vor einem gerechten Richter aussagen. Murat wirft das Gewehr wieder über seine Schulter. Wo sollte aber dieser gerechte Richter sein, der nicht bestochen ist.

Sekir kann den Brüdern, die in panischer Flucht das Weite suchten nicht mehr folgen und will zu seinem Wagen zurückkehren. Morgen würde er das Mädchen aus seinem Versteck holen und seinen Plan beenden.

Mühsam stolpert er den schmalen Pfad hinunter. Er spürt den Pulsschlag in der Wunde. Wieder gehen ihm diese Gedanken durch den Kopf. „Warum hat er sich nur auf dieses Abenteuer eingelassen? Viel leichter konnte er in diesem Land sein Geld verdienen. Alles hatte er doch hier unter Kontrolle. Keiner wagte es doch bisher, sich seinen Schutzgeldforderungen zu widersetzen. Warum hatte er sich nur auf den Handel mit den beiden Brüdern eingelassen?" Er fühlt Wut in seiner Brust, lehnt sich an einen Felsen und steckt das Messer zurück in die Scheide, die er am Gürtel trägt.

Vor Schmerz schließt er die Augen. Als er sie wieder öffnet, sieht er Aleyna, die ganz in der Nähe auf einem Baumstamm hockt. Sie hat ihn nicht bemerkt. „Wie konnte sie nur entkommen", fragt er sich. „Das passt nicht in meinen Plan. Die Freunde des Italieners mussten sie befreit haben." Wieder greift er nach seinem Messer und nähert sich Aleyna lautlos. Von Hinten hält er ihr die Klinge an den Hals, die andere Hand presst er ihr auf den Mund.

Aleyna hat keine Chance gegen diesen Griff. Sekir hat ihn als Einzelkämpfer bei der Armee gelernt. Wie eine Gazelle, die von einer Raubkatze angefallen wird, fällt sie zu Boden und wagt keine Gegenwehr. Sie spürt den feuchten Mullverband auf ihrem Gesicht. Der Geruch von eitrigem Blut nimmt ihr fast das Bewusstsein. Sie hört seinen Atem, der stoßweise an ihr Ohr dringt.

„Keinen Ton!", zischt er. „Sonst bist du gleich tot." Wieder steckt er das Messer zurück und zerrt sie über den schmalen Weg hinunter zu seinem Wagen, der hell im Mondlicht leuchtet. Ohne Gegenwehr setzt sie sich auf den Beifahrersitz. Sie weiß, dass Sekir jetzt so unberechenbar ist, wie ein angeschossenes Tier. Mit der linken Hand steckt er den Schlüssel in das Zündschloss und startet den Wagen. Blut dringt stoßweise durch seinen Verband und tropft ihm auf den Schoß. Wieder benutzt er seine linke Hand, um den ersten Gang einzulegen. Nach den ersten Metern sagt er zu ihr: „Du wirst jetzt für mich schalten."

Er hat kein Gefühl mehr in seinem rechten Arm, ahnt Aleyna. Gehorsam befolgt sie seine Befehle. Bei jedem Schalten in einen anderen Gang gibt das Getriebe knackende Geräusche von sich, die sich nach einiger Zeit in ein dauerhaftes Singen verwandeln. Nach einigen

Kilometern sagt Sekir plötzlich: „Ich halte hier an, du fährst jetzt weiter, aber ich warne dich, wenn du nur einen Versuch unternimmst mir zu entkommen, schneide ich dir die Kehle durch, wie bei einem Schaf." Dabei zeigt er ihr seine scharfe Klinge. Der Wagen ist zum Stillstand gekommen. Sie mustert Sekir von der Seite.

Wie lange kann er es noch aushalten mit seiner Verletzung? Sie öffnet die Tür. Vielleicht könnte sie ihm jetzt entkommen, aber wo sollte sie hin in dieser Einöde. Sicher würde sich noch eine bessere Möglichkeit ergeben." Sekir schleppt sich auf die andere Seite und sie wechseln die Sitzplätze. Beinahe muss sie sich übergeben, als sie den Blutfleck auf dem Fahrersitz, den sie nun einnehmen muss, sieht. Wieder hält ihr Sekir das Messer mit der linken Hand entgegen. „Wir fahren jetzt nach Erzurum. Das eine will ich dir sagen. Wenn ich nicht dort ankomme, wirst auch du den neuen Morgen nicht erleben und unsere lange Reise wird ein schlimmes Ende nehmen."

Sekir kennt seinen Zustand. Die Fahrt zur Kreisstadt wird noch mindestens drei Stunden dauern und Aleyna ist seine letzte Chance einen Arzt zu erreichen.

Er hat Schweißperlen auf der Stirn und seine Pupillen wechseln unruhig hin und her. Speichel läuft ihm unkontrolliert über das unrasierte Kinn. Zusammengekauert, mit dem Messer in der linken Hand, beobachtet er Aleynas Bewegungen. Erstaunlich, denkt er, wie gut sie das Fahrzeug beherrscht.

Ohne ihn eines Blickes zu würdigen, lenkt sie das Fahrzeug durch die helle Nacht. Sicher wird sie auf eine Gelegenheit warten ihm zu entkommen, weiß er. Ich muss unbedingt wach bleiben, sonst bin ich verloren. Noch immer hält er das Messer krampfhaft in seiner Hand und schließt vor Schmerz einen Moment die Augen.

Aleynas Gedanken sind bei Salvatore. Zu kurz war die Begegnung mit Edgar, um ihn nach ihm zu befragen.

Warum war er eigentlich nicht bei ihm? Angst steigt in ihr auf. Sollte ihm etwas zugestoßen sein? Flüchtig sieht sie nach ihrem Mitfahrer. So sehr sie diesen Mann auch hasst, ist er doch nur der Scherge ihres Vaters und dessen Bruder. Er ist ein Verbrecher, der alles für Geld tut, aber die beiden Brüder opfern ihre eigenen Kinder für eine so genannte „Familienehre".

Aleyna tut es weh, wenn sie daran denkt. Gerade weil sie ihren Vater noch immer liebt.

Sie hört das Singen des Getriebes. Wird sie der Wagen noch bis zur Stadt bringen? Was würde sein, wenn der Wagen jetzt den Geist aufgibt und sie in der Einöde stehen bleiben?

Würde Sekir seine Drohung wahr machen und sie mit ins Grab nehmen oder kann sie ihm vorher entkommen? Sie könnte den Wagen an einen Felsen lenken, aber woher weiß sie, wer bei diesem Unfall überlebt? Sie ist angegurtet, Sekir nicht. Vielleicht könnte ihr Vorhaben funktionieren und er fliegt beim Aufprall gegen die Scheibe. Wie sollte sie jedoch von diesem Ort wegkommen, wenn auch sie verletzt würde?

Sie sucht nach einer geeigneten Stelle, während Sekir immer öfter seine Augen schließt. Wenn er nur das Bewusstsein verlieren würde, geht es ihr durch den Kopf. Allmählich erhöht sie das Tempo und die Motorgeräusche werden lauter. Das Singen geht über in ein unangenehmes Malgeräusch. Sekir öffnet seine Augen wieder. „Fahr langsamer oder willst du den Motor kaputtmachen?"

Gehorsam nimmt sie den Fuß etwas vom Gas und wieder beruhigen sich die Töne. Es ist wieder das übliche Singen zu hören. Sekir schließt seine Augen. Kalter Schweiß hat sein Hemd durchnässt. Wahrscheinlich hat er hohes Fieber, überlegt Aleyna. Wenn sie die Stadt erreichen, könnte sie ihn in ein Krankenhaus schaffen und zur Polizei gehen, um ihn anzuzeigen. Würden die Beamten dann ihr glauben oder doch eher ihm? Sicher würde er sagen, dass sie ihn umbringen wollte und schwer verletzt hat. Ihre einzige Chance wäre ein Zeuge, der für sie aussagt. Nie werden die Freunde sie ihn Erzurum finden, wenn sie in einer Polizeiwache aufgehalten wird.

Nur schwer kann sie ihre Gedanken ordnen. Zum Schluss hat sie nur Eines im Sinn: Sie muss sich von diesem Raubtier befreien und zwar so schnell wie möglich.

In der Ferne sieht sie zwei helle Lichter, die rasch näher kommen. Sie stammen von einem Lastwagen mit hoher Plane. Der Fahrer und sein Beifahrer sitzen im hell erleuchteten Führerhaus. Vor ihnen ist eine Straßenkarte aufgeschlagen. Der Fahrer lenkt seinen Laster viel zu weit in der Mitte der Straße. Offenbar hat er den entgegenkommenden Wagen gar nicht gesehen, weil er mit dem Lesen der Karte beschäftigt ist.

Als sich die beiden Fahrzeuge auf gleicher Höhe treffen, weicht Aleyna aus und landet mit dem Wagen in dem unbefestigten Seitenstreifen. Sie schleudert und das Lenkrad gleitet ihr aus den Händen. Man hört das Kreischen von Reifen und berstendem Metall. Sekir wird aus dem Sitz gerissen und Aleyna spürt einen heftigen Druck auf ihrer Brust. Der Sicherheitsgurt hat ihren leichten Körper aufgefangen. Die Frontscheibe ist zersprungen und sie spürt die Kühle der klaren Vollmondnacht in ihrem Gesicht. Sie sieht in den Himmel. Es herrscht vollkommene Stille.

Ohne den Kopf zu drehen sieht sie nach rechts. Sekir ist mit der Scheibe nach draußen geflogen. Drei Meter von der Motorhaube entfernt liegt er im Straßenschotter. Seine Glieder sind unnatürlich verdreht, wie bei einer übergroßen Stoffpuppe. Starr vor Schreck hält sie mit beiden Händen das Lenkrad umklammert. Blut tropft ihr von der Stirn über die Wange, aber sie spürt keinen Schmerz.

Auch bemerkt sie es kaum, als eine Person die Wagentür öffnet und sie nach draußen zieht.

Es ist der Fahrer des Lastwagens, der den Wagen nach einigen hundert Metern zum Stillstand gebracht hat, dann das schwere Gefährt gewendet und zurückgefahren war. Der Beifahrer hilft ihm behutsam und bettet Aleyna auf eine Decke, die er aus dem Führerhaus des Wagens holte. Vorsichtig hebt er ihren Kopf und legt seine Jacke darunter.

Dann kümmert sich der andere Mann um Sekir. Kaum zu glauben, aber er lebt noch immer, trotz seiner schweren Verletzungen. Immer wieder gibt er unverständliche Laute von sich, so als wollte er die ganze Welt verfluchen.

Aleyna hält das weiße Tuch, das ihr der Fahrer gegeben hat, auf ihre Stirnwunde und sieht nach ihm. Welch ein Teufel steckt in diesem Sekir, denkt sie. Er will überhaupt nicht verstummen.

Ihr ist eiskalt und sie ist froh darüber, dass der Mann ihr noch eine zweite Decke reicht. Inzwischen haben die Männer einen Sanitätskoffer aus dem Auto geholt. Der Beifahrer kennt sich mit der Behandlung von Verletzten gut aus. Fachmännisch versorgt er Sekir, der sich immer noch wehrt und wilde Flüche ausspricht.

„Ich habe über Funk Hilfe gerufen", sagt der Fahrer und kniet sich an ihre Seite.

Aleyna sieht ihm in die Augen. Er ist nicht älter als sie. Aus einer Plastikflasche gibt er ihr zu trinken.

„Es tut mir Leid, es war meine Schuld", sagt er. „Ich war zu schnell und habe nicht aufgepasst. Ich hoffe, dass ich meinen Fehler wieder gut machen kann. Dein Mann hat schwere Verletzungen. Mein Kollege ist angehender Arzt, er sagt, dass er schon viel Blut verloren hat und dringend Hilfe braucht. Der Krankenwagen kann aber frühestens in einer Stunde hier sein."

Aleyna sucht nach seiner Hand.

Der Fahrer ist erstaunt, er ist es nicht gewohnt, von einer fremden Frau berührt zu werden.

„Dieser Mann ist nicht mein Ehemann, ihr müsst euch vorsehen. Er ist sehr gefährlich. Er ist einer der schlimmsten Verbrecher in dieser Gegend." Der junge Mann wundert sich. Er hält Aleynas Worte für eine im Schock entstandene Fantasie. „Er hat mich entführt, ich bin schon seit einer Woche mit ihm unterwegs." Fest nimmt sie seinen Arm in beide Hände. „Er hat mich in sein Auto gezerrt und halb durch Europa bis nach hier verschleppt. Jetzt sollte ich ihn ins Krankenhaus fahren."

Der junge Mann erhebt sich. Das muss er erst einmal verstehen. Erst der Unfall. Die beiden Verletzten und jetzt auch noch diese Geschichte von der Entführung.

„Du musst mir glauben, wenn es auch noch so abenteuerlich klingt", fleht Aleyna. „Ich wäre ohne diesen Unfall nicht von ihm freigekommen und ich wünsche mir, dass der Mann noch hier, an diesem Ort stirbt."

Der junge Mann schüttelt verwirrt den Kopf und geht einige Schritte. Wie sollte er sich verhalten, wenn die Polizei eintrifft? Sollte er die Situation durch diese Geschichte noch verschärfen? Hätte er diese Tour nur nicht übernommen.

„Du musst mir alles genau erzählen, wenn ich für dich aussagen soll." Wieder kniet er sich zu ihr hinunter und sieht hinüber zu Sekir, der nach Luft ringt.

Aleyna ist froh, dass sie endlich einen Menschen gefunden hat, der ihr zuhört. Sie spricht von ihrer Entführung und von der Angst, die sie vor Sekir, der sie wie ein Tier behandelte und von ihrer Hoffnung, dass ihre Freunde sie bald finden würden.

Inzwischen hat Edgar längst bemerkt, dass sich Aleyna nicht mehr in ihrem Versteck befindet. Er hofft, dass sie zum Haus ihres Vaters gelaufen ist, sieht nach Murat und sie nehmen beide den Rückweg über den steinigen Feldweg. „Aleyna ist verschwunden. Ob Sekir sie vielleicht entdeckt und mitgenommen hat?", sagt er nachdenklich.
Edgar ist wütend über sich selbst. Warum hat er sie nicht in seiner Nähe behalten. Er hätte sie nicht zurück lassen dürfen, als er zu dem Turm ging. „ Es ist besser, wir sagen Salvatore nichts, es hilft uns jetzt nicht, wenn der auch noch durchdreht." Murat nickt. „Ich habe das Gefühl, Sekir will die Kreisstadt erreichen. Nur in Erzurum ist ein Krankenhaus, in dem er sich seine Wunden behandeln lassen kann. Es könnte seine einzige Chance sein, wenn Aleyna ihn dorthin fährt." Mit diesen Worten hat er auch Edgar überzeugt und sie beschließen ihnen nachzueilen.

Lydia wacht noch immer bei dem erschöpften Salvatore und sie ist froh, dass er von allem nicht viel mit bekommt. Als die beiden Männer zum Wagen gehen, folgt ihnen Jessy. Sie will trotz Edgars Bedenken unbedingt mitkommen. Sie öffnet die hintere Tür und wirft ihre Tasche hinein.

„Du wirst mich nicht daran hindern euch zu begleiten. Ich kann euch mit Sicherheit helfen." Sie setzt sich hinein, wirft die Tür hinter sich zu, verschränkt ihre Arme und duldet keine Einwände mehr. „Bin ich nur noch von Sturköpfen umgeben?", brummelt Edgar wütend. Murat schiebt seine lange Flinte in den Wagen und legt einen Wasserkanister in den Kofferraum, dann geht die Fahrt los. Während der Fahrt erzählt Edgar Jessy ausführlich von ihren nächtlichen Erlebnissen.

„Ihr glaubt also, dass Sekir zum Krankenhaus nach Erzurum will?", fragt Jessy. „Ich kenne die Klinik. Ich hatte dort einige Monate lang ein Praktikum als Krankenpflegerin." Sie lehnt sich in den Sitz zurück und schließt ihre Augen. Ihre Gedanken führen sie zurück in ihre Jugend.

Hätte ich damals meine Ausbildung beendet, wäre mein Leben bestimmt besser verlaufen, denkt sie, nimmt ihre Tasche und stellt sie auf die andere Seite der Sitzbank.

Sie tut es unbewusst, denn ihre Gedanken sind bei dem jungen Assistenzarzt, den sie täglich bei der Visite begleitete. Leider verloren sie sich schnell aus den Augen, weil er in Ankara eine neue Anstellung antrat.

Was soll das, Jessy, sagt sie sich. Die Zeit ist lange vorbei und die Gedanken passen nicht hierher.

Wieder nimmt sie die Tasche und legt sie an ihren alten Platz, als wollte sie mit dieser Geste endgültig mit der Vergangenheit abschließen.

Sie schaut in den Rückspiegel. Edgars Augen sind auf die Straße gerichtet. Sie mag diesen kräftigen blonden Mann mit den blaugrauen Augen, der sich für seine Freunde einsetzt,

ohne Rücksicht auf eigene Verluste in ein fremdes Land fährt, tagelange Strapazen auf sich nimmt, um ein Mädchen aus den Fängen eines Verbrechers zu befreien. Nicht alle Männer in seinem Land würden das tun. Sie weiß es, denn sie hat jahrelang dort gelebt. Edgar ist ein grundanständiger Mensch. Das hat sie inzwischen bemerkt, schon als er ihr anbot, sie mitzunehmen, um dem brutalen Wirt, aus der Kneipe, zu entkommen. Sie schließt die Augen und wieder hat sie die Bilder vor sich, die sie so gerne vergessen würde. Erneut nimmt Jessy ihre Tasche in die Arme, legt sie auf die andere Seite und versucht den Erinnerungen zu entfliehen.

An der Unfallstelle ist inzwischen der Rettungswagen eingetroffen. Begleitet von einem Streifenwagen mit Blaulicht. Kurz vor der Ankunft hat er seine Sirene eingeschaltet. Zwei Sanitäter nähern sich den Verletzten. Sie haben einen silbernen Koffer dabei. Er trägt den Aufdruck eines roten Kreuzes, das von einem roten Halbmond überklebt ist.
Der Lastwagenfahrer erhebt sich, um den beiden Platz zu machen. Sie sprechen einige Worte mit Aleyna, dann kümmert sich einer der Kollegen um Sekir. Die beiden Polizisten sehen sich das Wrack des Mercedes an. Der eine öffnet die Tür und als er das viele Blut im Inneren sieht, schließt er sie sofort wieder.
Sekir ist wieder bei Bewusstsein und als er die Polizisten sieht, streckt er seine linke Hand aus und zeigt auf Aleyna.
Mehrmals kommt das Wort „Mörder, Mörder!" aus seinem Mund. Erschöpft lässt er den Arm dann wieder fallen. Der Sanitäter nimmt ihn und setzt eine Nadel in seine Vene, worauf dieser wieder das Bewusstsein verliert.
Die Beamten hörten interessiert zu, als sie die letzten Worte des Verletzten hörten. Sollte da noch mehr dahinter stecken als ein Unfall, der sich auf einer nächtlichen Straße weit ab von

aller menschlichen Zivilisation ereignet hat? Sekir wird mit einer Trage in den Krankenwagen, bei dem noch immer das Blaulicht kreist, gehoben. Auch Aleyna wollen sie mitnehmen. Die jedoch weigert sich mit aller Entschiedenheit. Der Lastwagenfahrer weiß warum.

Nach kurzem Gespräch mit dem Polizisten steigen die Sanitäter ein und verlassen mit hoher Geschwindigkeit den Unfallort.

Nachdem der Vorgang des Unfalls geklärt ist, sagt einer der Uniformierten: „Sie werden jetzt beide mit uns kommen. Da sind noch einige Fragen offen, die können wir nur auf der Wache klären." Aleyna sieht den jungen Fahrer fragend an. Sie hat Vertrauen zu ihm, obwohl er den Unfall verursacht hat.

Er reicht seinem Beifahrer den Schlüssel des Trucks und schlägt ihm freundschaftlich auf die Schulter. „Fahr vorsichtig, ich hoffe wir sehen uns bald wieder." Dieser sieht ihn von der Seite an, hebt die Schultern und wendet sich dem Lastwagen zu. Ohne sich noch einmal umzudrehen sagt er: „Viel Glück", und besteigt die beiden Stufen zum Führerhaus.

Der Fahrer hat ein schlechtes Gewissen, denn er weiß, dass der Mann keine Fahrererlaubnis für dieses Gefährt hat. Die Polizisten interessiert dies im Augenblick jedoch nicht. Sie haben jetzt andere Dinge im Sinn.

Aleyna steigt gehorsam in den Streifenwagen und als der junge Mann einen Moment zögert, gibt einer der Beamten ihm einen Stoß in die Rippen. „Mach schon, worauf wartest du!"

Der Vollmond wird von einer Gebirgskette verdeckt und Edgar schaltet das Fernlicht ein. Sie sind schon seit einer Stunde unterwegs. Ihm kommt es aber länger vor. Er sieht auf die Uhr im Armaturenbrett. Es ist halb vier. Bald würde es hell werden. Er lässt die Seitenscheiben herunter und der kühle Fahrtwind zieht in das Innere des Fahrzeuges. Es riecht nach Thymian, der hier überall an den Straßen wild wächst. Jessy fröstelt und er schließt wieder die Scheibe bis auf einen schmalen Spalt. Sie war eingeschlafen und durch den Luftzug wieder aufgewacht.
Murat hat das Radio eingeschaltet und hört die Nachrichten von einem lokalen Sender. Ausführlich wird über die bevorstehenden Kreistagswahlen berichtet. Politiker beschuldigen sich gegenseitig der Korruption. Murat schüttelt genervt den Kopf. „Wen von diesen Holzköpfen sollte man denn wählen?" Edgar muss lächeln. Er kennt das Problem aus seiner Heimat. In weitem Bogen führt die Straße durch eine tiefe Ebene und der Vollmond ist wieder zu sehen.

Er scheint ihnen zu folgen, denn er ist immer wieder an derselben Stelle zu sehen. Als sich die Straße verengt, nimmt Edgar das Gas etwas zurück und sie sehen plötzlich ein helles Fahrzeug am Straßenrand.

„Da sind sie!", ruft Edgar fast erschrocken und drosselt noch einmal die Geschwindigkeit. Murat greift nach seiner Waffe. Sie sind auf alles gefasst. Edgar lässt den Wagen langsam ausrollen und kommt hinter Sekirs Mercedes zum Stehen. Als nichts geschieht, steigen sie vorsichtig aus und nähern sich zu Fuß dem Wagen. „Sie hatten einen Unfall", sagt Murat, zeigt auf die platten Hinterräder und die breite Schleifspur, die das Fahrzeug hinterlassen hat. Zögernd folgt auch Jessy. Sie ahnt nichts Gutes. Als Edgar die zerbrochene Frontscheibe und das viele Blut sieht, hält er die Hände vor dem Mund.

„Oh Gott, ob sie das überlebt haben?", kann er nur sagen. Er öffnet die Tür. Es riecht nach Eiter. Unter der Motorhaube ist eine große Öllache entstanden und Diesel tritt aus dem Tank. Vor dem Wagen blinkt ein langes Messer. Es musste Sekir gehören. Keine Menschenseele ist zu sehen. Murat schreitet am Straßenrand entlang. Er sucht nach einer Spur des nächtlichen Unfalls. Zögernd kommt auch Jessy näher. Sie bemerkt eine Wolldecke und einige Verpackungen vom Mullverband, fünf

Meter weiter, noch eine Decke und eine Ampulle, die sie vom Krankenhaus kennt. Sie zeigt sie Edgar. Der überlegt. Jemand muss ihnen geholfen haben, ich denke, es ist besser, wenn wir weiterfahren und keine Zeit verlieren.

Auf dem Boden findet Jessy einen weißen Zettel, der von einem runden Stein beschwert ist. Sofort bückt sie sich und nimmt ihn an sich. „Eine Nachricht von Aleyna?" Sie liest ihn im schwachen Dämmerlicht laut vor: „Salvatore, Liebster, wir hatten einen Unfall. Die Polizei nimmt uns mit nach Erzurum."

Edgar betrachtet den Zettel in ihrer Hand. „Wenigstens kann er ihr jetzt nichts mehr antun!" Er startet den Motor und sie erreichen nach einer Stunde ebenfalls die Kreisstadt.

Es herrscht schon allerhand Trubel zu dieser Stunde. Sie haben Mühe, durch die überfüllten Straßen das Krankenhaus zu finden. Nach der Ankunft spricht Jessy mit einer Angestellten, die sie noch von früher zu kennen scheint. Sie kann aber nichts über Aleyna erfahren.

„Nur ein schwer verletzter Mann wurde vor ein paar Stunden eingeliefert", wird ihr gesagt. „Hatte dieser Mann eine Narbe unter dem Auge?" Fragt Jessy. „Ja, ich habe noch geholfen, er hatte schwere Verletzungen und war nicht ansprechbar. Er ist jetzt auf der Intensivstation. Willst du zu ihm?"

Jessy schüttelt den Kopf. „Wenn, dann nur, um ihm ein Messer in den Leib zu stoßen."

Die Frau sieht sie fragend an, geht aber nicht weiter auf ihre Äußerung ein. Rasch verabschiedet sich Jessy von ihr und kehrt zurück zu Murat und Edgar, die im Wagen auf dem Parkplatz warten. Sie wirft mit Schwung die Tasche durch das offene Seitenfenster auf den Rücksitz. „Sie ist nicht da", sagt sie enttäuscht. Jetzt müssen wir wohl oder übel zur Polizei. Edgar weiß, dass ihr Verhältnis zu den uniformierten Staatsdienern nicht das Beste ist und dass sie ihnen nicht das geringste Vertrauen entgegenbringen.

Sie betreten das Backsteingebäude durch einen runden Torbogen. Es ist gebaut wie eine Festung. Die Fenster im Innenhof sind vergittert und das Ganze wirkt wie ein mittelalterlicher Kerker.

Gelangweilt stehen zwei Polizisten mit Waffen auf den Schultern vor einem Glaskasten, in dem ein dicker Beamter mit Vollbart gegen den Schlaf kämpft. Als sie die Freunde bemerken, nehmen sie die Waffen von den Schultern und nähern sich ihnen.

Feindselig stehen sie ihnen gegenüber. Edgar hebt vorsorglich seine beiden Hände, so als wollte er sich ergeben. Die Polizisten nehmen sofort ihre Gewehre in Anschlag, als sie die Reaktion bemerken.

„Warum nimmst du die Hände hoch?", fragt Murat auf Deutsch. „Die werden doch nur unnötig nervös." Edgar zuckt mit den Schultern. „Oft ist doch schon einer durch einen Irrtum erschossen worden." Mehr noch als durch Edgars Geste werden die Polizisten neugierig, weil sie sich in einer fremden Sprache verständigen.

Auch der Dicke im Glastkasten wird aufmerksam. Er ordnet seine Uniform und kommt nach draußen, setzt einen strengen Blick auf und zieht den Gürtel stramm. An ihm hängt seine Dienstwaffe. Murat bittet um Entschuldigung für die Störung. Das folgende Gespräch kann Edgar nicht verfolgen. Mehrmals hört er Aleynas Name, versteht aber so viel, dass er seine Schwester sucht.

Der Mann führt die drei in einen abgedunkelten Raum und öffnet die Läden der Fenster. Jessy hat die ganze Zeit nichts gesprochen. „Manchmal ist es besser", denkt Edgar. Nicht dass sie jetzt etwas vermasselt. Er sieht es in ihren Augen. Sie ist auf einige hundert Volt geladen.

Der Dicke verlässt den Raum und es vergeht eine lange Zeit, bis ein anderer Mann in Zivil das Zimmer betritt. Es ist ein hagerer Mann mit Oberlippenbart. Sein Alter schätzt Jessy auf fünfzig Jahre.

Freundlich begrüßt er die drei auf Deutsch. Das sind die Schlimmsten, denkt Jessy. Immer schön freundlich, und wenn du dich umdrehst, stoßen sie dir einen Dolch in den Rücken. Sie nimmt ihre Tasche und drückt sie etwas fester an ihre Brust.

Edgar bemerkt es. Ihre Stimmung lässt sich oft an der Handhabung ihrer Tasche ablesen, sowie zuvor im Auto.

„Der Verletzte hat schwere Anschuldigungen gegen Ihre Schwester vorgebracht", beginnt der Mann und holt eine schmale Akte aus seinem Schnellhefter. Er setzt sich auf einen wackeligen Stuhl. Jessy sieht seine ungepflegten Fingernägel. Das Hemd und sein abgetragener Anzug haben Flecken von Kaffee und Zigaretten.

„Sie soll ihn um sein gesamtes Geld gebracht und dann versucht haben, ihn umzubringen." Edgar schüttelt verwirrt den Kopf. „Das ist doch gar nicht wahr, das ist genau anders herum." Der Beamte steckt sich in aller Ruhe eine Zigarette an. „Das Mädchen hat mir auch schon eine abenteuerliche Geschichte erzählt, aber wir müssen jede Aussage überprüfen. Wir warten noch auf ein Fax aus Deutschland. Dort habe ich schon Kontakt mit den Beamten in dieser Sache aufgenommen. Solange die Sache nicht geklärt ist, kann ich das Mädchen nicht freilassen."

Edgar schüttelt genervt den Kopf. „Hören Sie mal, wir sind schon länger als eine Woche unterwegs von Deutschland durch alle möglichen Länder Europas, um sie aus den Fängen dieses Verbrechers zu befreien und jetzt behauptet der Halunke, es wäre umgekehrt und sie wollte ihn umbringen." Edgar fasst sich an den Kopf. „Sagen Sie ehrlich, glauben Sie an diesen Schwachsinn? Was hätte sie denn für eine Chance gegen einen Verbrecher, der hier die ganze Gegend in Angst und Schrecken hält?" Der Mann wirft seine Zigarette auf den Fußboden und zertritt sie mit dem Fuß.

„Behindern Sie nicht meine Ermittlungen!", sagt er kurz angebunden, ohne Anzeichen einer Erregung. „Kommen Sie morgen wieder und machen Sie keinen Ärger, sonst bleiben Sie auch über Nacht hier, in unseren komfortablen Appartements."

Zum ersten Mal zeigt er ein zynisches Lächeln und Jessy fühlt sich in ihrer Ahnung bestätigt, dass mit diesem Mann nicht zu spaßen ist.

Murat findet eine Übernachtungsmöglichkeit in einer Seitenstraße, ganz in der Nähe des Polizeigebäudes. Als sie am nächsten Tag wieder die Wache betreten, werden sie von dem Beamten freundlich begrüßt. Jessy blickt misstrauisch und vergräbt die Tasche in ihren Armen.

„Wir haben Nachrichten aus Deutschland bekommen." Sekir Solak wird in Deutschland
steckbrieflich gesucht. Ihm werden Men-
schenhandel, Drogenhandel und mehrere andere Delikte vorgeworfen. Auch der Mord an
einer jungen Türkin und die Entführung eines
Mädchens aus Deutschland in die Türkei wird
ihm angelastet. Wir prüfen noch, ob es die
junge Frau ist, die Sie suchen."

Er geht einige Schritte auf und ab. „Leider ist
es uns nicht möglich, Herrn Solak zu verhö-
ren." Wieder steckt er sich eine Zigarette an.
„Er ist in der Nacht an den Folgen seiner
schweren Verletzung verstorben."

Die drei Freunde sehen sich sprachlos an.
Keiner hätte mit einem so schnellen Ergebnis
gerechnet. Edgar wendet sich an Jessy. „Soll
noch einer was gegen die türkische Polizei
sagen." Der Beamte hört es, antwortet mit
einem spöttischen Grinsen und geht in den
Nebenraum. Nach einigen Minuten ist er wieder zurück. Er hat ein Fax in der Hand. „Ich
habe hier die Bestätigung, dass es sich bei der
Entführten um Aleyna Gazi handelt. Es besteht eine Anzeige von Herrn Salvatore Bian-
co, dass sie in Deutschland von einem Mann
auf der Straße entführt wurde."

„Und dieser Mann war Sekir Solak", setzt
Edgar hinzu. „Genau, Sie können die Frau
mitnehmen, aber ich muss Sie bitten, noch

einige Tage in der Türkei zu bleiben." Wir brauchen sie noch als Zeugen für weitere Ermittlungen im Fall Solak."

Wieder wirft er seine Kippe auf den Holzboden. „Ihm werden noch weitere Straftaten in der Türkei nachgesagt. Einige seiner Freunde werden sich warm anziehen müssen, wenn alles herauskommt." Endlich wird Aleyna hereingeführt. Sie hat Tränen in den Augen. Jessy und Edgar nehmen sie in die Arme. Auch Murat begrüßt sie mit einem herzlichen Bruderkuss, dann gibt er den Beamten noch die Adresse von seinem Heimatdorf.

Edgar fühlt sich sehr erleichtert beim Verlassen des dunklen Backsteinhauses und sie treten hinaus in die helle Sonne. Auch hat er keinen Zorn, dass sich einige Kinder auf seinem Auto niedergelassen haben. Als sie näher kommen, rennen sie sowieso davon. Es ist noch früh am Vormittag und sie treten die Rückreise an.

Jessy und Aleyna lassen es sich aber nicht nehmen, noch einige Utensilien wie Proviant, Toilettenartikel und Getränke aus dem nahen Basar zu besorgen.

Die lange Fahrt durch die Berge wird ihnen nicht langweilig. Es gibt ja so vieles zu erzählen. An der Unfallstelle halten sie kurz an. Edgar gibt Aleyna die Nachricht zurück, die sie geschrieben und mit einem Stein beschwert zurückgelassen hatte. Er hatte sie noch in der Jackentasche. „Den Brief kannst du Salvatore persönlich überreichen", sagt Edgar lakonisch und sie müssen darüber lachen.

Aleyna ist froh darüber, dass sie den Ort des Schreckens wieder verlassen. Nach weiteren zwei Stunden haben sie schließlich den kleinen Ort und Murats Haus erreicht.

Lydia kommt aus der Tür. Sie kann es kaum fassen, alle gesund und lebendig vor sich zu sehen. Edgar ist fast überwältigt davon, wie sie ihm in die Arme fällt und einen dicken Kuss auf die Lippen drückt.

Aleyna geht mit schnellen Schritten ins Haus, um nach Salvatore zu sehen. Sie weiß, dass er verletzt wurde. Vorsichtig öffnet sie die Tür zu seinem Zimmer. Salvatore schläft. Sie beugt sich über ihn und einige Tränen fallen auf sein Gesicht. Als sie ihm zärtlich über seine geschundenen Wangen streichelt, erwacht er und sie küsst ihn auf die Augen.

Jessy, die ihr gefolgt war, schließt die Tür leise und geht zu den anderen. Auch Murats junge Frau ist froh ihren Mann wieder zu sehen. Auch sie möchte ihn herzlich küssen, aber in der Öffentlichkeit würde sie das nie tun. So eilt sie in die Küche, um das Abendmahl zu bereiten. Schon deutlich zeichnet sich das Kind an ihrer schlanken Figur ab. „Noch zwei Monate, dann werden sie eine komplette Familie sein", denkt Jessy.

Sie denkt an die Zeit im Kindergarten, in dem sie arbeitete. Gut kam sie damals mit den kleinen Rackern zurecht und sie hatte sich immer zwei von Ihnen gewünscht.

Wenn alles erledigt ist, würde sie wieder nach Deutschland fahren, um dort ein neues Leben zu beginnen. Vielleicht bekomme auch ich eine zweite Chance, denkt sie voller Hoffnung.

In den nächsten Tagen fahren sie noch einmal nach Erzurum. Ein Ermittler aus Ankara ist auch anwesend. Die Angelegenheit um Sekirs Tod scheint weite Kreise zu beschäftigen. Auch einige Kommunalpolitiker müssen um ihre Posten bangen. Eine groß angelegte Kampagne gegen die Korruption wurde gestartet.

Für den Fall Selda und Aleyna Gazi wurden auch die beiden Väter in die Kreisstadt bestellt. Beide müssen mit einer Bewährungsstrafe rechnen. Salvatore ist enttäuscht. „Davon wird Selda auch nicht wieder lebendig", sagt er.

Seine Wunden sind schon etwas verheilt, nur beim Essen hat er noch Probleme. Beim Aufenthalt in Erzurum hat Jessy einen Zahnarzt für ihn ausfindig gemacht, der ihm eine provisorische Prothese angefertigt hat. „Schade um

Salvatores schöne Schneidezähne", sagt Lydia ein paar Mal.

Bald kommt der Tag der Abreise ins ferne Deutschland. Aleyna und Salvatore wollen am frühen Morgen mit dem Taxi nach Erzurum fahren und von da den Bus nach Ankara nehmen. Der Flug nach Deutschland würde dann nur noch einige Stunden dauern. Aleyna hat schon alle Sachen gepackt. Gerne hätte sie noch einmal ihren Vater gesehen. Der konnte sich aber nicht dazu herablassen, sich von ihr zu verabschieden. Vielleicht wäre es das letzte Mal gewesen, dass sie sich in diesem Leben noch einmal getroffen hätten. Als das Taxi das Grundstück verlässt und in einer Staubwolke verschwindet, liegen sich Edgar und Lydia in den Armen. Lange stehen sie so am Tor, bis der Wagen nicht mehr zu sehen ist.

„Ist dir eigentlich aufgefallen, dass Aleyna die ganze Zeit kein Kopftuch mehr trägt", bemerkt Edgar. Lydia muss lächeln und gibt ihm einen leichten Klaps auf den Hinterkopf. „Was du alles bemerkst." Hand in Hand gehen sie zurück zum Haus, wo Murat mit seiner Frau wartet.

Jessy hat sich einen Platz in der Morgensonne gesucht, um noch einmal über die Ereignisse der letzten Tage nachzudenken. Es wird ihr schwer fallen, ihr geliebtes Land wieder zu verlassen, aber hätte sie hier eine Zukunft?

Sie nimmt einen blühenden Zweig in ihre Hand und riecht daran. Es ist der betörende Duft von Jasmin.

Am nächsten Tag wird der Wagen beladen. Zwei junge Männer aus dem Dorf sind schon seit Stunden damit beschäftigt, den Wagen von innen und außen zu putzen. Sie lassen keinen Winkel und keine Schraube bei ihren Bemühungen aus. Edgar hat jedem der beiden zehn Euro versprochen, wenn sie ihre Arbeit gut machen; für Sie ein sehr schöner Stundenlohn. Edgar muss sie schließlich bremsen, um endlich das Gepäck hineinstapeln zu können. Murat und seine Frau haben es gut gemeint mit ihrer Verpflegung, zum Schluss bleibt ihnen kaum noch Platz zum Sitzen. Der Abschied fällt schwer. Edgar will Murat einige Bücher aus Deutschland schicken. Es sind Werke über Naturwissenschaft und Pädagogik. Er braucht sie für sein Studium und sie versprechen, sich in der nächsten Zeit wieder zu treffen. „Unsere nächste Urlaubsreise geht bestimmt nach Anatolien."

Lange winkt das junge Paar noch hinter ihnen her, als sie die Schotterstraße hinabfahren. Edgar sieht es im Rückspiegel und als er die nächste Kurve nimmt, drückt er noch lange auf die Hupe. „Salvatore und Aleyna werden schon in ihren eigenen Betten schlafen", sagt Lydia.

„Ja, wir werden noch einige Tage miteinander aushalten müssen", meint Edgar mit einem Grinsen auf den Lippen. Sie gibt ihm einen leichten Klaps auf den Hinterkopf. „Das will ich aber doch sehr hoffen! Was lachst du denn eigentlich die ganze Zeit so?" Edgar überlegt einen Moment. „Ich frage mich die ganze Zeit, was Harkan jetzt zu dir sagt. Jetzt, wo schon wieder zwei Zentimeter deiner schwarzen Haare nachgewachsen sind? Rostige Drahtbürste passt jetzt nicht mehr ganz." Wieder erhält er von hinten einen Klaps an dieselbe Stelle und kurz darauf einen dicken Kuss. Nach drei Tagen haben sie die deutsche Grenze erreicht und schon am späten Abend werden sie zu Hause sein. Edgar gibt dem Wagen die Sporen, sie wollen nicht noch einmal irgendwo übernachten.

Einige Jahre vergehen. Aleyna und Salvatore sind Eltern von zwei süßen Töchtern. Sie sitzen in Salvatores Büro. Die ältere schreibt mit Aleyna Schularbeiten und die Kleine malt auf einem Block.
Salvatore nimmt eine große Melone und besucht Edgars „Backparadies", so wie er das Geschäft jetzt wirklich nennt, denn er ist seit kurzem Eigentümer geworden. Seine Chefin hat ihm den Laden überlassen, um in den Ru-

hestand zu gehen. Sie will den Lebensabend bei ihrer Schwester auf dem Land verbringen.

Die beiden Freunde stehen wieder vor der großen Fensterscheibe und sehen auf die Autobahn, auf der sich eine lange Schlange aus Blech, Gummi und Glas Richtung Feierabend windet.

Es ist eigentlich wie immer. Nur eines hat sich geändert. Lydia arbeitet nicht mehr im Laden. Seit fünf Monaten ist sie nun zu Hause. Nicht etwa, weil sie Edgar verlassen hat. Das ist nicht der Grund.

Sie hat einen neuen Chef.

Er ist ein kleiner Bäckergeselle, der ihr Leben total verändert hat.

Ende

Weitere Bücher vom selben Autor: